# 漱石『夢十夜』探索

## 闇に浮かぶ道標

清水孝純
Shimizu Takayoshi

翰林書房

漱石『夢十夜』探索——闇に浮かぶ道標——◎目次

# はじめに

## 文学の中に描かれた夢とは＝方法の設定

人間誰しも夢を見る。芸術家、作家もまた夢を見る。だが多くの人はみたということは覚えていても、その中身は忘れてしまうだろう。昔、夢を思い出すことはよくないと聞かされたことがあったように思う。なんとなく、そうだろうなと考えていたものだ。というのも、夢が多くは悪夢的な内容を持ち、その重苦しい気分を思い出すということは、漠然とよくないことのように思われたという事だ。しかし其の後、夢もその感触を徐々に変えていったようだ。そして、同じような夢を繰り返し見ることがたびかさなるにつれて、嫌が応でも夢を思い出さざるを得なくなる。その夢の解読を知らず知らずのうちに行っている自分にはっとなったりする。確かに夢には解読をうながすところがある。

これは言うまでもないことだが、夢の解読といえばただちにフロイトやユングの夢分析が思い浮かぶ。それは基本的には、なんらかの精神的疾患とかかわるものであり、そこからの治癒を射程距離にいれた夢の解読だった。しかし一度文学作品の上での夢となると、そのような解読が許されるものかどうか。そこは非常に問題があるように思われる。シュールレアリスムの自動速記によって、記述された夢ならばとにかく——いやそれでも言語によっての記述である以上、問題は残るが、一応それは棚上げにして——作者によって作られたということによって、既に夢の持つ不可解な展開は失われざるを得ないのではないか。僕が最も夢的世界と感じるのは、カフカの『審判』だ。そこではヨーゼフ・Kが最初に出頭する裁判所が、場末の公共住宅の四階にあり、そこまでたどり着くのがまるで悪夢のようであり、またKが伯父に連れられておとずれる弁護士の部屋に、実は裁判所の事務長がいたということを弁護士との対話の過程の中で知ったり、またKの勤める銀行の一室が笞刑の場所だったり、夢の空間の感触をよくあらわしているように思うのだ。いわば焦点だけが仄明るく、周辺はなんとなくぼやけている。世界がすみずみまで明確に浮かび上がるということなどはないのだ。

こう考えると、文学のなかに描かれた夢を文字通り、夢そのものとしてとることは不可能ではないだろうか。先の『審判』にしても、空間の夢的感触を埋めるのは、とにかく現実的な思考と叙述の展開なのであって、どう考えても、夢の中でそれほど精緻な論理が構築されるとは到底思われない。もっとも、カフカは『審判』を夢だなんていってはいない。にもかかわらず、外の作家による作品のなかに登場する夢に比べれば、カフカの叙述の現実的であるにもかかわらず、よほど夢的感触を持つといいたかったのだ。

外の文学作品のなかに登場する夢、僕が念頭に置いているのは、ドストエフスキーだ。ドストエフスキーにおいて、夢は極めて重要な役割を与えられていることはいうまでもない。

ドストエフスキーの場合、夢は実はその作品の持つテーマと最も根源的にかかわるという重要さを持つ。いわばそこで、世界はその夢を軸として百八十度の転換をなす。それを端的に示すのが、『罪と罰』のエピローグで、シベリア流刑のラスコーリニコフが見た夢、『悪霊』でスタヴローギンがヨーロッパ放浪中に見るエーゲ海の夢、そして「おかしな男の夢」で主人公が自殺しようとピストルを前に置いてうたた寝したときに見る夢である。これらは主人公の運命を変える重要な契機となる。ドストエフスキーがこれら論理の徹底に生きるニヒリストの運命を変えるに夢をもってしたということは、ドストエフスキーが夢の有する根源的な衝迫力というものを深く認識していたためだ。とはいえ、これらの夢はいうまでもなく夢そのものではありえない。ラスコーリニコフの大斎時から復活祭にかけて病床で見る夢は、あたかも黙示録的な壮大な夢といっていいが、極めて構成的であり、イメージとイメージの繋がりは整序的と云えるものだ。本来夢ははるかに非連続的なものだし、それに元来夢においては夢の持つ独特な感触は言語化されにくいものである。にもかかわらず、ドストエフスキーにおいてこうした夢の持つ激しい衝迫力はどこから来るのか。僕はここでは夢の感触を一種の疑似体験に変換した作者の技量によるものと思う。文学作品において夢の感触の中心をなすものは結局疑似体験というものの感触ではないだろうか。夢においては理性の緊縛が緩みあらゆる想念がそこに侵入し跳梁する。そのようななかで疑似体験が行われる。疑似体験のもっとも著しいものは死であろう。「おかしな男の夢」の主人公は夢のなかで自殺をし、さらに死後復活しておもむいた地球そっくりの天体において素晴らしい楽園を見出すが、やがてその楽園が堕落してゆく。その崩壊をもたらしたものが他ならず自分であることを知って自分を十字架にかけろと人々に訴える。しかし、ひとびとはそういう男を狂人扱いにして、精神病院にいれると脅す。そこで男は余りの悲しさに目覚めるのだが、現実の世界ではあり得ない死後の体験が現実に戻った男にとっての決定的な体験となる。夢は所詮夢だが、しかしそれがもたらす心への衝撃は、もはや夢とは言えない深い真実性を帯びている。自殺直前までいったニヒリストの主人公において愛の伝道へと百八十度の転換がおこなわれるのはそのためだ。いいかえれば、夢を描くとは、作者が実際に体験したかもしれない夢の感触を言語による疑似体験に変換するということに帰着するのではないかということだ。再構成された一種の疑似体験によって読者は通常ならば接しえない他者の深い意識の中にも入ることが可能になるということだ。以上のことは、『夢十夜』という作品を扱うに、夢の感触を中心に構成された文学作品として見るということ、それを精神分析の対象としては見ないということの確認に他ならない。

## 漱石と夢

『夢十夜』の夢作品としての特徴は、以上述べたドストエフスキーの場合とは異なり、小説のなかに挿入された夢ではなく、夢として独立して提供されているということだろう。このことは『夢十夜』解読にさまざまな問題を提供する。まず小説のなかの夢だったら、その夢の持つ意味はおのずと限定されるだろうが、ここでは夢として独立して描かれている以上、おのおのの夢の意味はそれほど明瞭に限定されてはいない。例えば、『草枕』だと、画工は夢を見るが、その夢は『草枕』という小説空間によって限定されたものだ。従ってその意味は明らかだ。しかし『夢十夜』にそのような限定はない。それはあたかもロンドン塔が幻のごとく現代のなかに、ぽつんと浮かんでいるように、漱石の文学的空間のなかに孤立しているかのようだ。しかし、ロンドン塔も亦孤立しているようでありながら、それは英国の歴史への象徴としての大きな意味があった。そのようにこの一連の夢物語も漱石の全文学的歩みの中で、何らかの意味、それもひょっとしたら、重要な意味、価値の転換的な意味を与えられているのかもしれない。そういう観点からかんがえてみれば、『夢十夜』が『坑夫』のあとに書かれていることに注目すべきだろう。

『坑夫』はその題材、手法、反小説的性格において、日本におけるそれまでの小説とは截然と異なる。勿論漱石自身の小説とも異なる。特に『虞美人草』とはなんと異なることか。これは一種の理念小説として、緻密な構成と、絢爛を極めた文体、明確な性格を与えられた多彩な登場人物群、洗練された会話、まことにシェイクスピアをはじめとする西欧文学の蘊蓄が見事に結晶したともいうべき、これぞ小説というべきものなのだ。それに対して『坑夫』は全く対蹠的な作品というべきだろう。

『夢十夜』は一つの作品のなかに置かれた夢ではなく、漱石の全作品のなかの夢物語なのだ。とすれば、基本的にこの作品に意味を与えるのは、漱石の全作品であると思う。いや単に漱石の作品世界のみならず、同時代のほかの作品、世界文学とのかかわり、さらに漱石自身の生活の現在あるいは過去にもかかわってこよう。そこにこの作品の極度の多義性がある。つまりどのようなコンテクストによって解読するかということによって意味が現れて来る。

## 『夢十夜』の漱石全作品のなかでの位相

これまで『夢十夜』に関して、それを全体として把握しようということがおおくの批評家・研究者によってなされてきた。そのなかでも伊藤整、江藤淳がよく知られている。伊藤整は『現代日本小説大系』第十六巻（河出書房、昭和二十四年五月）の解説で次のように述べている。

「これは漱石文学の中で量的に言ふと小さなものであるが質的には特殊な意味を持つてゐる作品である。簡単に言へば、漱石の中にあつた夢幻的な詩的なものが、散文らしい散文、「坑夫」以後の写実性の中でとらへられてゐる。そしてその結果、美文的な調子が失はれたために、詩的なものの本質はかへつて正確に描き出されてゐる。現実のすぐ隣りにある夢や幻想の与へる恐ろしさ、一種の人間存在の原罪的不安がとらへてゐる。この試作的作品によつて彼はその内的な不安な精神にはつきりした現実感を与へたのである。それは後期の作品「それから」、「明暗」などで写実的でありながら自ら漂ふ一種の鬼気的な不安を作つてゐるところの要素である」[*1]。

ここにいう「一種の人間存在の原罪的不安」を読み取る解釈が『夢十夜』論を貫く大きな流れとなったようだ。荒正人はこれを受けて『近代文学』昭和二十八年十二月号発表の評論「漱石の暗い部分」で、特に第三夜に注目し、そこに「父親殺しと母子相姦への願望」を読み取るフロイト的解釈を加えることによって、漱石文学の全体像を解析して〈漱石の暗い部分〉をまとめて、いわば伊藤整の論をより具体的に精神分析によって深めた。[*2]伊藤整による第三夜の解読は極めて衝撃的であり、改めて『夢十夜』の重要性を目覚めさせることになったといっていい。荒はその後『漱石文学全集』第十巻小品・短編・紀行（昭和四十八年四月）の解説[*3]では第三夜の夢をのぞいて丹念に九夜に解説を施している。この個性的な解説には恐らく最初の彼の『夢十夜』論から二十年の間における漱石研究、特に『夢十夜』研究の進展が多少なりとも影を落としていると想像されるが、何分にも解説という制約から、矢張り思いつきという印象もぬぐいがたい。ただ、相変わらずいくつかの夢では、性的な解釈をほどこしている。いずれにせよ、いろいろな点で示唆を内包するものといえよう。

江藤淳は伊藤整の見解を「漱石の内部の、あの「深淵」の存在をよく洞察し得ている」として受け継ぎながら、昭和三十年十二月『三田文学』掲載の「夏目漱石論――漱石の位置について――」において、「裏切られた期待」というモチーフで『夢十夜』を統一的に解読しようとする。さらに期待を裏ぎるものとして運命をあげる。それを個々の夢に関して分析して見せた。[*4]このように『夢十夜』を統一的に解読しようとする試みはその後いろいろ行われてゆくのであるが、江藤の卓抜な視点は、いかにも多義性を予感させる十の夢を結局は運命の織りなす劇としてみたところにある。

実は江藤の論より前に『夢十夜』を総括的に見ようとした論が山本捨三（「漱石初期の浪漫主義と「夢十夜」の解釈」相愛女子短期大学研究論集創刊号、昭和二十九年六月）にある。山本の総括的視点は、漱石のロマンティシズムの発展からこれを把握しようと云うものだ。

「さて「夢十夜」は「一夜」のロマンティシズム（純美的及び洒脱俳諧的）の発展として、十夢に構想された本質的には浪漫的小品の集成である。[*5]」

こう定義したうえで、山本は十夜を三分類し、（A）運命的なるもの（B）人生観的なるもの（C）芸術論的なるものにわけて、それぞれに漱石の浪漫主義がどのような形で表れているかを見る。

いわば評論家によって先鞭をつけられたともいえる『夢十夜』論は研究者によってさらに発展させられてゆく。内田道雄は、「「夢十夜」と「永日小品」」において岩上順一の荒批判を「漱石の実際に見た夢の記述として精神分析の資料視する立場にストレートに就くべきではない」としてうけつぎながら、他方で『夢十夜』が「造形的意志が薄弱になっていて、それだけ逆に、彼の内部世界のどろりとした触感を露わにしている」（傍点原著者）という江藤の理解を退け、「夢のスタイル自体が、漱石の強い造形的意志を示すのであって、夢はこの場合フィクションそのものと同義であると考えるのが妥当であろう」とはっきりとした立場を提示し、個々の夢を概観し、『夢十夜』を次のように把握する。

「純美な夢想の造形にはじまり、そこから自らを現実に引き戻そうとする激しい運動である。但しその現実とは単なる日常の次元におけるそれでは勿論ない。自己の現在を底から支えているもの、又はそれをつきくずそうとするものへの、いわば存在論的な関心によって捉えられたアモルフな現実である。」[*6]（傍点原著者）

この内田の見解には賛成だが、しかし江藤にせよ、山本あるいは内田にせよ、ある共通の視点によって総括的に捉えようとするとどうしても、そこに無理が生ずるのではないだろうか。そこでは共通の視点と云うものによって覆われてしまい、それぞれの夢の持つ豊かさ、面白さは隠れてしまうのではないか。

一体なぜこのように総括的に把握する必要があるのだろうか。そこに見えてくるのは、作品理解を作家の主体的動機に求めようとする志向性だ。そこでは作品自体の解読が決定的に欠如している。作家がいかなる動機を抱いたにせよ、それが作品化する過程において、言語が入る。我々読者が対面するのは言語化された動機、ひょっとしたら出発点の動機とは異質の動機に変容しているかもしれない動機なのだ。いや実際はすぐれた作品は動機などというものはかくされたものになるのではないか。つまり我々にとって大事なことはその作品のもつ美しさとか、面白さとか、その作品の喚起する不気味さとか、要するに作品自体なのだ。そして『夢十夜』の場合重要なことは、ひとつひとつの夢を言語によって構築された夢として解読するということなのだ。

ところで夢として構築されたということは、夢のもつ独特な感触の構築こそが夢を描くという意味になる。言い換えれば、この感触と云うものこそ夢の語りの真の主題ともいうべきものなのだ。そこで『夢十夜』の解読とはおのおのの夢の持つ感触をよみがえらせつつ、そこに意味を探ってゆくことになる。

## 筆者の問題意識＝感触の復元

だが、この作品の意味を以上のような観点から解読する試みはあまりなかったように思う。筆者のこの論はいわば以上のような問題意識に立って、『夢十夜』を解読しようというものだ。

第一に考えなければならないものは、当時の漱石にとってもっとも重大なことはプロの作家として創作活動をいかに続けてゆくかという問題だったろうと思う。その点で『虞美人草』から『坑夫』という歩みは、漱石にとって極めて重要な転換点だった。絢爛たる文体による美の悲喜劇から、極めて実存的ともいえるミクロのほの暗い意識世界への下降、これはあまりにも激しい変換であったはずだ。創作上の問題がそこに生じる。おそらくこの両者のそれぞれの道を並行してゆくことは、許されないと感じたろう。かつて同じような問題を漱石が抱えていたことがあったはずだ。『吾輩は猫である』と並行した多様な作品の創作、このような相反するといってもいい二つの作品群の並立などは、およそ世界文学でも例がないだろう。これは自由な精神の遊びなのか、それとも無意識的に作家としての方向性の模索なのだろうか。いえることはそこには恐らく、従来の小説の枠にはまらない形式の模索があったのではないかということだ。これら一連の作品群は実に多彩であり、極めて実験性の強いものといえる。その端的な例が『草枕』ではないだろうか。『ラオコーン』の美学を構想の中心に据えて、語り手が同時に作品世界の描き手でありまたプロットの展開の担い手でもあるという、いわばその創作方法を提示しつつ、極めて斬新な、西欧でも二十世紀になってジードなどによって試みられた小説の方法が試みられているのだ。「一夜」にしても、これは小説ならぬ小説、一種の反小説とでもいうべきものだろう。このようなさまざまな試みの結果として、『虞美人草』は書かれたといえる。

とはいえ漱石の小説というものの問題性の追求はこれで已むはずのものではない。先にものべたように『坑夫』執筆はその何よりの証拠であろう。ここにおいて漱石は、彼の内なる深みに隠れているかもしれない文学的鉱脈を掘り当てなければならない。そこで漱石は夢という自由な形式によることで、その鉱脈への探りを入れたのだ。それまで漱石にとって創作活動の中心をなすものは、やはり美の問題であったろうと思う。一応『虞美人草』において、美は道義との対決によって否定されたわけだが、皮肉なことに、美は藤尾の死によって逆に強調されたという結果になったのではないか。作品の表面的な主題と、結果として現れて来たものに乖離がある。このような状態で作家活動はできない。このような時、自身の作家としての真の鉱脈を掘り起こす必要があるだろう。こうして、自我のより深い層からの発信ともいうべき夢をその方法としたのだ。ただ先にも述べたように、これが夢そのままであるはずはないだろう。夢を描くとは結局夢の持つ独特な感触の表出ということにある以上、その感触を作品のなかで構築できればよい。この感触とは、理性を超えて、有無をいわさず夢を見た当事者をその感触によって捉える、あるいはなんらかの行動へと引きずってゆくといったほど強いインパクトをもったものだ。人間が見るあらゆる夢がそういうものとは限らないが、もし夢が問題となるとするならばそのようなインパクトにこそ夢を取り上げる意味があるのではないか。そして夢を語る語りもそのようなインパクトに焦点を合わせているということになるだろう。そしてそのインパクトが頂点に達したとき夢から覚醒するのだ。

　ところで漱石のこの夢の叙述においては夢からの覚醒は書かれていない。ただ面白いことに全体としては、覚醒と想像される直前に夢の語りが終わっていることだ。言い換えれば、語りの結末がクライマックスになっているということだ。短編小説にはよくこの形式が使われる。その好例はモーパッサンの「首飾り」だろう。結末にどんでん返しが来る。あるいはピアスの「アウル・クリーク橋の一事件」などもそうだ。漱石はこのモーパッサンの小説に不快感を示しているが、『夢十夜』では実にその形式を使っている。なぜなら今もふれたように、その形式が夢からの覚醒と最もよくみあっているからだ。しかも、ピアスの場合死刑という極限状況を中心に話が構成されているからその効果は絶大と云える。

以上のような視点に立って『夢十夜』をみてみよう。

感触の再現は私の体験を中心とする。『夢十夜』では第十夜を除いてはいずれも私の語りとなっている。そして多くの場合そこに死が関わる。云うまでもなく強い夢の感触を生み出すものは、死だからだ。

第一夜では愛する女の死、結末は女の魂の再生。第二夜では覚悟の死を迫るがごとき時計の音で終わる。第三夜では最後に自分の百年前の盲人殺しが暴かれ、同時に子供が重くなる。第四夜では目の前で川の中に消えてゆく爺さんと呆然とする自分。第五夜では天探女《あまのじゃく》（天邪鬼）の真似た鶏の声のため、巌頭から墜落する恋人の死、第六夜は明治における雄勁な芸術の不在の発見、第七夜は自殺と同時に始まった取り返しのつかない悔恨、第八夜は不可解な金魚売りの出現。第九夜は母のお百度詣りを一挙に無化させる父の死を告げる母の夢の中での語り。第十夜は入れ子型になっている。入れ子の部分は庄太郎の語りとなっていて、そこでは庄太郎が遂に臍をなめられてしまうところでおわる。外枠の語りでは庄太郎の死の予告とパナマ帽の行方である。

こうしてみると、『夢十夜』では基本的にクライマックスが結末に置かれていることが判る。つまり、言い難い、そして否みがたい夢の感触がそのようにしてつくられているということだ。さらにこの夢群を貫く基本的主題は、死というものではないだろうか。考えてみれば、『坑夫』を貫く基調低音は死といえる。『虞美人草』もまた死で終わる。いわば死は初期漱石の芸術を貫く基調低音にほかならないが、ここ『夢十夜』ではそれがさまざまな変奏を以て描かれている。いずれも漱石にとっての根源的問題であったに違いないが、特に夢としての最も強い感触を持つものは、やはり「私」のかたりによって死と対峙する、第二話、第三話、第五話、第九話かと思う。強い感触を持つということはこれらの夢が重苦しい印象を残して、意識の深部にとどまり続けるということだ。夢の感触の与える漱石の精神へのインパクトの強さによってこれらの夢はいずれも、のちの漱石の文学的活動のなかへと組み込まれてゆくのではないかということだ。第二夜のいわば絶対探求はのちの、特に『行人』『道草』『明暗』の最晩年の作品群の中で展開されることになる。第三夜は『夢十夜』のなかでも、最もインパクトの強い夢だが、これは『こころ』の世界を準備する。第五夜は『それから』の代助と三千代の愛を妨げるものたちへのにくしみとして再生する。第九夜は『彼岸過迄』の運命の残酷につながってゆく。さらに『明暗』においては運命の闇の中におかれている人間存在の不可解性の開示、あるいは愛による、あるいは精神によるその超克を主題として現れるだろう。一方で、美の世界は第一話において完結するといっていいかとおもう。これは語り自体がすでに美だ。是と関連して、第六話の運慶のはなしがあるが、これは芸術論だ。これがなぜここに置かれているかは正直言ってわからないが、おそらく近代の芸術への批評がそこにはあるのだろうと思う。それと同じように、第四話は、求道へのパロディであり、第十話は美的享楽者への批評として、それぞれ漱石自身をも含め時代への発言と言えそうだ。夢にしても、第八話あたりになると、極めて現実的色合いが濃くなるが、にもかかわらず夢的感触は残されている。ただ。これもまたなにかしら、現代に向かっての発言の様に思われる。現代日本への批評と存在の不安の融合したのが、第七話ということになろうか。これもまた臨場感のつよい夢といえる。ここには藤村操の投身自殺、あるいは妻鏡子の投身事件などをも反映しつつ、青年たちへの警告にもなっていよう。

以上、夢の持つ臨場感、いわば言語化された夢の持つリアリティとでもいうべきもの、それがこのフィクションとしての夢の持つ、他者を臨場感によってひきつける点に着目して展望したものだ。臨場感の強いものほど、深層の意識にその感触は残る、それによって作者の創作意識に方向性が与えられるのではないか。そのようにみると、この作品は全体として、美的世界の描出から運命のアイロニーの世界描出への転換点となったのではないかと思われる。しかし転換点とはいえ、夢の感触はなお存続し続けるだろう。そこに『夢十夜』の結節点としての重大な意味がある。

＊1　坂本育雄編『夏目漱石『夢十夜』作品論集成Ⅰ』（大空社、一九九六年六月、一三七頁。以下『作品論集成Ⅰ』と略す）

＊2　『作品論集成Ⅰ』一四三頁以下。
＊3　『作品論集成Ⅱ』二三頁以下。
＊4　『作品論集成Ⅰ』二〇四―二〇七頁。
＊5　『作品論集成Ⅰ』一七四頁。
＊6　『作品論集成Ⅰ』三一〇―三一二頁。

# 第一夜

# 眸から宇宙という眸へ

「美人と感覚」嚊《ひ》（女学生）（絵葉書）

中澤弘光　明38

## 第一夜

こんな夢を見た。

腕組をして枕元に坐つて居ると、仰向に寝た女が、静かな声でもう死にますと云ふ。女は長い髪を枕に敷いて、輪廓の柔らかな瓜実顔を其の中に横たへてゐる。真白な頬の底に温かい血の色が程よく差して、唇の色は無論赤い。到底死にさうには見えない。然し女は静かな声で、もう死にますと判然云つた。自分も確に是れは死ぬなと思つた。そこで、さうかね、もう死ぬのかね、と上から覗き込む様にして聞いて見た。死にますとも、と云ひながら、女はぱつちりと眼を開けた。大きな潤のある眼で、長い睫に包まれた中は、只一面に真黒であつた。其の真黒な眸の奥に、自分の姿が鮮に浮かんでゐる。

自分は透き徹る程深く見える此の黒眼の色沢を眺めて、是でも死ぬのかと思つた。それで、ねんごろに枕の傍へ口を附けて、死ぬんぢやなからうね、大丈夫だらうね、と又聞き返した。すると女は黒い眼を眠さうに睜つた儘、矢張り静かな声で、でも、死ぬんですもの、仕方がないわと云つた。

ぢや、私の顔が見えるかいと一心に聞くと、見えるかいつて、そら、そこに、写つてるぢやありませんかと、にこりと笑つて見せた。自分は黙つて、顔を枕から離した。腕組をしながら、どうしても死ぬのかなと思つた。

しばらくして、女が又かう云つた。

「死んだら、埋めて下さい。大きな真珠貝で穴を掘つて。さうして天から落ちて来る星の破片を墓標に置いて下さい。さうして墓の傍に待つてゐて下さい。又逢ひに来ますから」

自分は、何時逢ひに来るかねと聞いた。

「日が出るでせう。それから日が沈むでせう。それから又出るでせう。さうして又沈むでせう。——赤い日が東から西へ、東から西へと落ちて行くうちに、——あなた、待つてゐられますか」

自分は黙つて首肯た。女は静かな調子を一段張り上げて、

「百年待つてゐて下さい」と思ひ切った声で云つた。「百年、私の墓の傍に坐つて待つてゐて下さい。屹度逢ひに来ますから」

自分は、只待つてゐると答へた。すると、黒い眸のなかに鮮に見えた自分の姿が、ぼうつと崩れて来た。静かな水が動いて写る影を乱した様に、流れ出したと思つたら、女の眼がぱたりと閉ぢた。長い睫の間から涙が頰へ垂れた。——もう死んで居た。

自分は夫れから庭へ下りて、真珠貝で穴を掘つた。真珠貝は大きな滑らかな縁の鋭どい貝であつた。土をすくふ度に、貝の裏に月の光が差してきら〳〵した。湿つた土の匂もした。穴はしばらくして掘れた。女を其の中へ入れた。さうして柔らかい土を、上からそつ

と掛けた。掛ける毎に真珠貝の裏に月の光が差した。

それから星の破片の落ちたのを拾つて来て、かろく土の上へ乗せた。星の破片は丸かつた。長い間大空を落ちてゐる間に、角が取れて滑らかになつたんだらうと思つた。抱き上げて土の上へ置くうちに、自分の胸と手が少し暖かくなつた。

自分は苔の上に坐つた。是れから百年の間、かうして待つてゐるんだなと考へながら、腕組をして、丸い墓石を眺めてゐた。そのうちに、女の云つた通り日が東から出た。大きな赤い日であつた。それが又女の云つた通り、やがて西へ落ちた。赤いまんまで、のつと落ちて行つた。一つと自分は勘定した。

しばらくすると又唐紅の天道がのそりと上つて来た。さうして黙つて沈んで仕舞つた。二つと又勘定をした。

自分はかう云ふ風に一つ二つと勘定して行くうちに、赤い日をいくつ見たか分らない。勘定しても、勘定しても、しつくせない程赤い日が頭の上を通り越して行つた。それでも百年がまだ来ない。仕舞には、苔の生えた丸い石を眺めて、自分は女に欺されたのではなからうかと思ひ出した。

すると石の下から斜に自分の方へ向いて青い茎が伸びて来た。見る間に長くなつて、丁度自分の胸のあたり迄来て留まつた。と思ふと、すらりと、揺ぐ茎の頂に、心持首を傾けてゐた細長い一輪の蕾が、ふつくらと瓣を開いた。真白な百合が鼻の先で骨に徹へる程匂つた。そこへ遥の上から、ほたりと露が落ちたので、花は自分の重みでふら〳〵と動いた。自分は首を前へ出して、冷たい露の滴る、白い花瓣に接吻した、自分が百合から顔を離す拍子に思はず、遠い空を見たら、暁の星がたつた一つ瞬いてゐた。

「百年はもう来てゐたんだな」と此の時始めて気が附いた。

## ポー・ハーン・漱石

これは再生の物語である。愛するひとを失って、再度亡き人に会いたいという激しい欲求に苛まれないひとはいない。そこから再生の物語が、神話が生まれる。古くは、トリスタンとイズーの物語にも現れているところのものだ。両者はほとんど前後して死ぬが、トリスタンの墓からは花香る一本のいばらが萌えでてイズーの墓の中へと伸びてゆき、三度切っても、翌日には新芽が勢いよく出てイズーの墓の方に伸びてゆくのでマルク王はそれを切るのを止めさせた。これがヨーロッパに流れるもっとも有名な愛の神話だが、『夢十夜』の第一夜に関しては、なんとなくポーとハーンの再生の物語が僕には思い出される。

ポーの「リジイア」では主人公が熱愛するリジイアを亡くしたあと、苦悩から放浪の旅に出る。やがて寂しいイングランドの僧院に住まい、そこで新しい妻を迎える。奇妙な五角形の塔で妻と過ごす。心の中でリジイアを求め続ける主人公と新妻との間に愛が生まれるはずはない。妻はなにかしら物の怪におびえるようになり、病を得て死ぬ。亡骸のかたわらで夜を過ごすことになるが、男は、妻はなお生きているような気配に捉えられる。妻は死んだのか、それとも生き返ったのかという恐ろしい時間の緊張の中で妻は遂に蘇生する、しかしそれはなんとリジイアそのひとだった。リジイアには不抜の愛の永遠性への信仰があり、ついにそれが実現したということになる。

ハーンにもこのような怪異を描いた再生の物語がある。『怪談』のなかの「お貞のはなし」だ。越後の国新潟の長尾長生というひとにはお貞という許嫁がいたが、結婚を前にしてお貞は死ぬ。臨終のとき長生を枕元に呼び、別れを告げるが、お貞がいうには、悲しまないと約束してください、そしてまたこの世で会えると信じています。ただそれにはもう一度子供に生まれ成人しなければなりません。それまで待っていてくださるでしょう。かならずあなたのところに帰ってくるといって死ぬ。長生は誓うが、まだ若いので結婚せざるを得ない。それでも誓いを書いてお貞の位牌のそばにおき不断に祈った。それから年月が立ち妻も死に、一人子も死んで寂しさから長い旅にでた。伊香保のある温泉宿で給仕に出た若い娘を見て驚く。かつての許嫁を思い出させる物腰だった。かれは郷里と名前を聞く。女は懐かしい声でいった。名前はお貞、あなたは越後の長尾長生さま、十七年前自分は死んだが、約束通り帰ってきました、こういって彼女は失神した。長生は結婚する。面会の刹那燃え上がった前世の記憶は再び暗くなり、彼女は伊香保で何を言ったかは思い出せなかった。

漱石の第一夜もまた再生の物語だが、今見たようにポー、ハーンの再生の物語が、女が死に、再生を約束、それが実現されてゆくという大筋から見て、なにかしら第一夜のなかに吸収されているような気がする。漱石が魂の再生の物語を書こうとしたのも、折からお彼岸だったからだろうということは容易に想像されるが、しかしハーンの物語が仏教的輪廻観に基づくものとすれば、漱石のこの物語は夢という形式をとっていることにより、より自由な時空のなかにそれを展開することが出来た。

## 臨終を取り仕切る

死はいわば永遠の別れとして、そこに激しい悲しみや泣き叫ぶ悲痛の声の響きとかが伴うのが普通だが、この死の別れはなんと静寂に満ち、日常性のなかで描かれていることだろうか。死という重大な人生の岐路は、ここではなにかしら日常性の連続のなかで捉えられているのだ。

「腕組をして枕元に坐つて居ると、仰向に寝た女が、静かな声でもう死にますと云ふ。」

第一夜はこうして始まるが、死に行く女を前にして「腕組」をするというのもおかしなものではないだろうか。第一夜の基本的トーンはこの最初の一行にあるのかもしれない。死を確信する女と、死をなお確認できないで、考える男と、このような両者の対比は最後まで運ばれてゆくといっていいだろう。それにしても、死に行く女がなんといきいきと描かれていることか。しかも女は「死にますと」とまるで自分の意思ででもあるかのように死ぬことを強調するのだ。あたかも、信じない男を説得するように。すると男もやはり死ぬのかなと思う。男は「そこで、さうかね、もう死ぬのかね、と上から覗き込む様にして聞いて見た。死にますとも、と云ひながら、女はぱつちりと眼を開けた」。このやりとりには臨終の切迫感も悲壮感もない。女の動作は眼に限定されているが「ぱっちり」には死に行くものの暗さもまた惨めさ、悲哀もない。「死にますとも」は男を説得しているようにさえ見える。死の原因などは全くわからない。普通だったら「死にますとも」は是が非でも死ぬという表現だが、自殺ならともかく、通常死は人間に避けがたい運命としてあらわれるのであって、そのような死をあたかも自分が選んだかのように「死にますとも」というのは、女のなかにある確信によるものだろう。死の際にあってもこの愛をリードするのは女のようにも見える。そして男の気持ちを先取りして、言葉にするのは女なのだ。それはそれに続く描写にも現れているかもしれない。男は女の眼を覗き込む。「大きな潤のある眼で、長い睫に包まれた中は、只一面に真黒であつた。其の真黒な眸の奥に、自分の姿が鮮に浮かんでゐる」。

このイメージの美しさには独特のものがあるといっていいだろう。愛するものの眸の中に自分の姿をみるという、自分が愛するものによって抱擁されていることのシンボルだろうが、同時にそれは女の愛の男を完全に抱擁する深さ、純粋さをも表している。日本文学の中に、古典をも含めて、このようなイメージがあるかどうか。

## 男を包む眸というミクロコスモス

愛する女の瞳の中に自分の姿が写っているというイメージの特異さに着目した論はあまりないが、管見に入ったところでは三上公子にその指摘がある。[*1] 三上はキーツの『レイミア Lamia』（一八二〇年）第二部四六行〜四七行に次のような表現を見出す。

He answer'd, bending to her open eyes,

Where he was mirror'd small in paradise

「彼は身をかがめて彼女の見開いた眼に寄添い、そこに彼の姿を極楽《パラダイス》で小さく映して答えた。」（大和資雄訳）。

『レイミア』はギリシャ神話時代に取材した物語詩で、蛇に変えられたニンフのレイミアが、人間に一時戻ってリシアスという美しい青年との恋を遂げ、結局両者とも破滅してゆくというもので、引用の部分はレイミアが棄てられたと嘆くのをなぐさめようとして返事をする時、リシアスがレイミアの瞳の中に自分の姿が映っているのを見るという場面である。「極楽の中に」というのは彼がレイミアの愛の至福に包擁されていることを示す。

実は漱石の「明治34年断片15Ａ」の中に全く同じ部分の引用が見られる。[*2] ということからすれば漱石がこの部分を「第一夜」において使ったということは確かだろうと思う。ただそこでは、後に述べるように女が男に女の瞳のなかに男の姿が写っているというような、女の側からする指摘はない。このような女の側からの指摘には、女の男への強い恋情があったからだろう。その点では、シェイクスピアの詩篇「ヴィーナスとアドニス Venus and Adonis」のなかでやはりこれに類した表現があり、そこでは女の側から女の瞳に男が映っていると指摘する点で第一夜と共通する。詩篇の第20連だが、そこでヴィーナスは自分の愛の誘惑に冷淡な美少年アドニスを愛の官能の世界に引き込もうと必死だ。

Touch but my lips with those fair lips of thine,—
Though mine be not so fair, yet are they red—

The kiss shall be thine own as well as mine.
What seest thou in the ground?  hold up thy head:
Look in mine eye-balls, there thy beauty lies;
Then why not lips on lips, since eyes in eyes?[*3]

ただあなたの美しい唇で、わたしの唇に触れておくれ——
わたしの唇はそれほど美しくないとはいえ、それは紅い——
キッスは私のものでもあり、あなたのものでもあるだろう。
わたしの眼を覗きこんで！あなたの美しい姿がそこに宿っている、
ではなぜ唇に唇を合わせないの？　目に目が会っているのに。（本堂正夫訳）

これをみると「わたしの眼を覗きこんで！あなたの美しい姿がそこに宿っている（Look in mine-eye balls, there thy beauty lies)」は、なにがなんでもアドニスの接吻を求めるヴィーナスの巧みな誘惑のレトリックなのだ。

漱石がこの詩篇を読んだかどうかはわからないが漱石の蔵書中にシェイクスピアの詩を収録したものが三セットあり、そのうちの一冊、

The Songs, Poems and Sonnets of William Shakespeare. Ed. by W. Sharp. London : W. Scott. 1888.

は書込みもあるようで、それからすると漱石が詩篇の中でもオヴィディウスの強い影響のもとに書か

れたこの詩篇を恐らく読んだと推定される。

いずれにせよ漱石はこのようなレトリックを全く異なった、より深い意味で使った。自分を包む女の深い愛の確認である。自分はいかにこの女によって愛されているか。鮮やかというのは、その愛の疑いようも無い強さを示す。男は「透き徹る程深く見える此の黒眼の色沢《つや》を眺めて、是でも死ぬのかなと思つた」。そこで「死ぬんぢやなからうね、大丈夫だらうね」と聞き返す。「すると女は黒い眼を眠さうに睁つた儘、矢張り静かな声で、でも、死ぬんですもの、仕方がないわと云つた」。男の問いは静かなリズムをもって繰り返されてゆくが、女の答えもなにかしらリズムをもって繰り返される。しかし二度目の答えのとき、女は「黒い眼を眠さうに睁つた儘」応えるのだ。「ぱつちり」から「眠さう」へ変化する。そして「死ぬんですもの仕方がない」といった。そこに女の諦めに似た決意を読み取ったのか、男は自分の顔が見えるかと聞く。女は「そこに、写つてるぢやありませんかと、にこりと笑つて見せた」。死にゆく人間は視力も衰えるとでも男は思ったのだろうか。しかし女の答えは自分の黒目のなかに写っていると笑う、当たり前のことを聞くなといわんばかりだ。ここで男は「腕組をしながら、どうしても死ぬのかなと思つた」というのだが、男の最初の「死ぬんぢやなからうね」から男の女の死の観念が微妙に変化しているのに注目したい。と一方で、女の末期の言葉も、彼女自身の死の受け入れ方にたいして、「死にますとも」から「仕方がない」と微妙に変化している。「死にますとも」にはなお女の強い決意のようなものがあるが、「仕方がない」には死を受け容れる諦念が感じられるだろう。この微妙な変化に死といういわば永遠の別離を迎える女の深い悲しみがある。

そして男もまた「どうしても死ぬのかな」となお半信半疑のうちにも、女の気持ちに寄り添ってゆくのだ。

静かなリズムはここで転調する。女は遺言する。埋めてくれ、大きな真珠貝で穴を掘り、天から落ちてくる星の破片を墓標におき、そこで待っていてくれ、逢いにくるというのだ。何時逢いに来るのかと聞くと、日が出るでしょう、それから沈むでしょうとうたうようにいって、待っていられるかと確認し、百年待ってくださいという。待つと応えると、眸の中の自分の姿がぼうっと崩れ、流れだしたと思ったら、睫毛の間から涙が頬に垂れ、女は死んでいた。

## 涙の川を流れる

「眸のなかの自分の姿が崩れ、流れ出した」というイメージに注目したい。『草枕』に流れてゆくオフェリアを引き戻そうと追ってゆく夢を見るとあるが、ここでは女の涙の川を流れてゆくのは自分なのだ。『草枕』のオフェリアの立場はここでは自分なのだ。とすればこの自分を追いかけるのは女ということになるだろう。こう考えて見た場合、女の愛する男を喪失せねばならない悲しみの深さというもの、それまで自分の瞳の深所に抱擁していた男を失う大きな悲しみというものが現れてこよう。死というものは、通常生き残る生者の側からしかみないが、しかし漱石はここでは死者の側から、現世に残してゆく男を見ているというように通常の死の見方を逆転させている。確かに死に行く側からいえば、やはりそれもまた一種の死別に他ならない。この夢では流れてゆく男を追うのは女といえるだろう。ここで改めて、この第一夜の夢においては、女が万事積極的であり、主導的であることを思いおこそう。女の遺言とは、自分の黒い瞳のなかを崩れ流れてゆく男を追って、生に引き戻そうとする激しい情熱の語らせたものなのだ。しかしここでは女は死に行く以上、その情熱は来世での再会への熱望ということになるだろう。この女が激しく男を恋するという点においても、先に触れたシェイクスピアの「ヴィーナスとアドニス」におけるヴィーナスの愛の激しさと共通する。ただこの場合は死んでゆくのは、男の方アドニスで野猪の牙にかかって死ぬ。ヴィーナスの悲嘆は恐るべきものだが、殺されて横たわったアドニスは、流れた血の中に横たわっていたが、その血潮のなかから、白い斑の入った赤い花アネモネとして再生するのだ。花を折り取るとそこから緑の液が滴った。ヴィーナスはそれを男の涙だと思い、自分の空虚な胸の中で休め、自分の心臓がお前をゆさぶるだろう、自分はお前をキスしてやまないと語り掛けるのだ。

## 遺言の持つ意味

シェイクスピアのヴィーナスの愛はいかにも愛の女神らしく激しく官能的であり、その愛にこたえるかのように再生する花は血潮の中から生出でるアネモネがふさわしいが、漱石においてははるかに清冽で透明感に満ちたものとして女は再生する。これは実は遺言において死にゆく女の魂の予定していたものに他ならない。死に際の魂の遺言には生者には判らない予言性があるのではないか。後で触れるハーンの女の場合、鈴を棺に入れてくれと頼むが、それは女が夫の違約にたいして報復を知らせるものとして現れることになる。そのようにこの場合も女の遺言は、白百合として再生することを準備するものなのだ。真珠貝とはあこや貝のこと、その内側は真珠色に光って美しい。それはアフロディーテが真珠のようにそこから純潔なるものとして誕生した貝を連想させる。真珠貝に「月の光」が射す。月の光はおんなのなみだといえよう。それは土を柔らかにし湿らせる。そこに葬られた女の亡骸は清らかな湿り気を吸い込んで白百合としての再生へと変換されるだろう。それから自分は星のかけらを拾ってきて墓標とする。石はまだほのあたたかかったという。

ここで僕は、キーツの美しい詩編「イザベラ Isabella」を思い出す。それは『デカメロン』を基にして創られた詩編だが、恋人を兄弟のために殺された女の悲恋の物語だ。兄弟は身分の違いということに腹を立てて、妹の恋人を森の中にさそいこみ、そこで殺して埋める。イザベラは夢に愛人の亡霊に暗示を受け森の中にゆき、亡骸を掘り出し、その頭をきりとって、家の大きな甕に入れ、そこにめぼうきの木を植えて、毎日それを彼女の涙でうるおしたので、めぼうきは青々と茂る。女はめぼうきをこよなく愛したが、それもやがて兄弟に知られ、兄弟は残酷にもめぼうきの下の頭を掘り出してすててしまい、ために女は悲しみのために死んでゆくという物語だ。いささかグロテスクの感のある、しかし哀切を極めた話だ。この話の美しさはめぼうきをあたかも恋人の再生ででもあるかのように愛する女の純一で、不変の愛の強さにあるのだろう。この話ではめぼうきの再生を促すものは、愛し悲しむ女の涙だが、漱石の第一夜では待つということだろう。それも百年待つという誓いの貫徹ということだろう。

それにしても、この百年の何とも言えない、単調さ。女のいったように太陽が東から出ては西に沈んでゆくということの繰り返しだ。それも太陽の落ちかた、上り方が特長的だ。「赤いまんまで、のつと落ちて行つた」とか、「唐紅の天道がのそりと上つて来た」と描写されている。夕映えの美しさもなければ、朝焼けの輝かしさもない。眼を慰めるものもなければ、心を楽しませるものもない。それに大きな真っ赤な円盤の太陽とは、潤いもなく、心をいらつかせ、なにかしら他者を寄せ付けないものがある。このことはなお単調さを強めるもの違いない。百年を待つとは、この単調さに耐え抜くことに他ならない。恐らく女にはそのことがわかっていたのではなかろうか。だから、女は「あなた、待つてゐられますか」と聞いたのだ。

待つということもまた遺言の一部、それもじつはそれこそが最も重要な遺言の核心部分だったということだ。女の再生はひとえに男の待つということによる。これは男にとっての試練ともいえよう。そこおいて試されるのは愛だ。『神曲』においてダンテは浄罪界の最上部地上楽園に入る前に、燄のなかを通って、自身を浄化せねばならない。このような視点からすれば、赤い太陽とは、現世における男の愛の浄化ともいえるのかもしれない。

## 遺言の実行

三上公子は女をこの土に葬るくだりから、白百合として再生するまでにかけてのイメージの中心部分がテニスンの『モードMaud』第一部第二十二章に見られることを指摘する。[*4] そこでは男がほうむられて、土の中で女を待つという想定で、「死んで百年寝ていても／彼女の足もとに驚き震え／紫と赤い花と咲くだろう」（酒井善孝訳）というかたちで愛の再生が語られている。百年という時間、そして花に再生しようというところなどは、確かに第一夜の夢と共通する。ただ漱石は部分的にそれらを使ったにしても女の遺言を全く別のものにしている。根本的違いは、テニスンの詩の場合、どこまでも男のいわば現実的な願いであって、漱石の場合の様に、それが夢のなかであれ、再生が実現したという激しい歓喜はない。ここには感情の衝迫性において大きな差異があるといわざるを得ない。さらに女の遺言には、自分の死んだ身体を埋めるのに、条件を付けている。真珠貝で穴を掘るということと、隕石のかけらを墓標にしてくれと云う遺言である。真珠貝で穴を掘るとはなんとも美しいイメージではないだろうか。真珠貝とは天然の真珠を産む貝のことだ。その内面はきらきらと真珠色に光っている。いずれも女性のシンボルであり、そして天から落ちて来た星とは天の使者なのだ。女はこの再生の物語において、一貫して指導的役割を果たしている。ひょっとしたら、男より年上なのかもしれない。美しく気丈な女なのだろう。

## ハーンの怪奇談

第一夜の夢を書くにあたって漱石はハーンから、その基本的な話の骨格を得てきていることは確かだろうと思う。この場合二つの話を使った。一つは『日本雑録』の「奇妙な話」のなかの「破約」と、これは先にも述べたことだが、一つは『怪談』のなかのお貞の話だ。勿論これらの物語は夢の語りなどではなく、それぞれが現実の女の死からはじまる、しかし怪奇譚だ。いずれの物語も若い妻の臨終を夫が見送るところからはじまる。そのとき妻が夫にそれぞれ言い残す。ただ二つの物語は、一つは夫の違約に対する復讐を、再婚して迎えた女性にはたすものであり、もう一つは遺言のように再生して終わるという、二つは全く対照的な結末を持つ。漱石はこれをまったく自然でもあるかのように見事に一つの物語りに作り上げたのだ。しかし、物語としての迫真性はハーンの再話の方にあるのではないか。それはなぜかと考えてみて、第一夜の夢においては、自分は極めて受動的であって、死んでいった女に対して、はげしくそれを恋い求める所はないといってもいい。ハーンのお貞の話の場合、男は一旦は再婚するが、その妻も、生れてきた子供も失い、その悲しみから諸国を流浪する。そういうなかで、嘗て愛したお貞の生まれ変わりともいうべき女性と出会う。女性は男の名前をそのまますらすら語る。その怪異はショッキングだが、その衝撃の中に感動がある。それはその怪異が我々の中に潜在している愛する者の魂を再びこの手にしたいという密かな、しかし永遠の渇きのようなものにこたえているからではないだろうか。このハーンの物語も結末にクライマックスがくるが、そのクライマックスは、それまで愛を失って、苦しんできた男の悲しみの時間の集積の結果として起こってきたことを意味しよう。そこにおいて怪異は驚きを増す。一方で漱石の夢ではどうか。クライマックスは自分が「騙されたのじゃないかな」と思った瞬間に来る。愛する人は百合として再生してくるのだ。この瞬間がこの夢のクライマックスであり、この時の驚きがこの夢の感触というべきものだろう。元来ならば、その再生に感動が表現されるべきものだろう。しかし自分の反応は極めて知的であり、暁の明星を見て、百年経ったと知る。この夢の物語では、男は一貫して受け身である。

　怪談がそのありうべからざる怪異にもかかわらず読者をうつのは、そこに表現された一心不乱の情熱によるのではないか。怪異にもかかわらずハーンの再話が心を打つのは、そのためだろう。

　実は、女が積極的であり、主導的であるという点に着目すれば、もうひとつのほうのハーンの怪談『日本雑録　A Japanese Miscellany』の「破約 Of a Promise Broken」は、より深く第一夜と関わっている。特にその冒頭の部分は第一夜のそれとかなり共通する内容を持っている。死に行く妻は武士である夫に自分は死ぬのは怖くはないといい、ただひとつ気がかりは自分の亡き後夫が後添いを持つことだというが、夫は再婚はしないと誓う。すると女は自分を庭に埋めてくれと云う遺言を残して死ぬ。

　Of a Promise Broken

"I am not afraid to die," said the dying wife; —— "there is only one thing that troubles me now. I wish that I could know who will take my place in this house."

"My dear one," answered sorrowing husband, "nobody ever shall take your place in my home. I will never, never marry again."

At the time that he said this he was speaking out of his heart; for he loved woman whom he was about to lose.

"On the faith of a samurai?" she questioned, with a feeble smile. "On the faith of samurai," he responded—stroking the pale thin face.

"Then, my dear one," she said, "you will let me be buried in the garden—will you not? —near those plum-trees that we planted at the farther end? I wanted long ago to ask this; but I thought, that if you were to marry again, you would not like to have my grave so near you. Now you have promised that no other woman shall take my place; —so I need not hesitate to speak of my wish .... I want so much to be buried in the garden! I think that in the garden I should sometimes hear your voice, and that I should still be able to see the flowers in the spring."

"It shall be as you wish," he answered. "But do not speak of burial: you are not so ill that we have lost all hope."

"*I* have," she returned ; — "I shall die this morning ... . But you will bury me in the garden?"

"Yes ," he said — "under the shade of the plum-trees that we planted; —and you shall have a beautiful tomb there."

"And will you give me a little bell?

"Bell—?"

"Yes: I want you to put a little bell in the coffin—such a little bell as the Buddhist pilgrims carry. Shall I have it?"

"You shall have a little bell—and anything else that you wish."

"I do not wish for anything else," she said … . "My dear one, you have been very good to me always. Now I die happy."

Then she closed her eyes and died——as easily as a tired child falls asleep. She looked beautiful when she was dead; and there was a smile upon her face.*5

ハーンのこの場面は死にゆく女の心のうちを伝えて美しいものだ。女が死を迎えるのにまるで平然としているところ、また自分の死を自分の口からはっきり告げること、また自分の埋葬にたいする要求など、第一夜の冒頭の部分と共通する。ところが、後半において両者ははっきりと別れるのだが、しかし両者に共通していえることは、そしてそれが重要なことなのだが、両者とも女性が積極的であり、主導的なことだ。ハーンの再話の場合、結局夫は再婚を余儀なくされ、そのため新しい妻が、恐るべき災いを受ける結果となるのだが、そこに見られるのは、夫への愛を絶対化し、それを阻害するものには容赦なく祟りを降すという亡き妻の執念の激しさである。

このように見て来ると、意外に漱石とハーンの世界の根底を流れるものの共通性が見えて来る。死に行く女性の再生への絶対的な確信であり、死を悠揚として迎える態度だ。漱石の夢では枕元にすわる男からすると女は死ぬとも思われないとして捉えられているが、ハーンの語りでも同じだ。死を迎える女たちが積極的であり、主導的であるといったのは、そのことにかかわる。ハーンの物語は、後半は恐るべき亡き妻の破約に対する報復をあたらしい妻に加えることで終わる。夫は新しい妻を守ろうとするが、亡き妻の執念はそれをも超えて、報復を若妻に加える。先に触れた鈴が戦慄的な役割を果たすのはその時だ。

ここにおいて、ハーンにおける女の死後の生の存続への確信と、漱石の夢の女との差は歴然としてくるだろう。ハーンの場合、そこには因果応報的陰湿さがあるのに対して、漱石においてははるかに大きな愛、抱擁的な愛として、宇宙的な広がりを感じさせずにはおかない。

## 夢の空間の驚くべき静謐

漱石のこの夢では、ほとんど感情を表現する言葉はない。全体がきわめて静かだ。その点ではハーンの語りと対蹠的というべきだろう。漱石の夢は感情表現の代わりに、具体的なものの描写に徹底している。

従ってそのクライマックスも、愛する人が百合として再生してきたこと、しかも白百合という地上的穢れを去って、純潔そのもののようにして、愛する人の美しいこころと姿を生き生きと伝える姿で現れたことは自分を深く感動させるはずのものであったろうが、しかしそれは百年が来たのだという認識によってあらわされる。ではこの最後の言葉の中にどのような感触が充填されているのだろうか。

これは待つということの頂点に来る言葉だ。この待つという事は、『夢十夜』の一つのキー・ワードといっていいが、この夢では待つということの意味がもっともポジチブに捉えられている。

ここにはハーンの話に見られるような怪異はない。いうまでもなく、夢においてはすべてが可能だからだ。重要なことは自分を包むふかい安堵の情と、それを包む新鮮さに溢れる静謐の深さと云うものだろう。、

これこそこの夢のもつ感触と云うものなのだ。ここにはいわゆる宗教的な影はない。自分が騙されたのではないかと思うのは、自分に信仰と云うものが欠けているからであり、ある意味でそれは人間として当然の疑いだといえよう。ここにはファナティズムはない。そして女の愛は深くて大きい。彼を包んでいる。瞳の中に自分の姿が浮かんでいるというのはその象徴といえるだろう。そして瞳とは小さな宇宙、人間の魂のミクロコスモスといえるだろう。今やそれは大なる宇宙、いわばマクロコスモスと拡大し、自分を包むものとして復活した。「遥かの上から」おちて来た露とは宇宙からのメッセージともいうべきものであろうか。いわば生命の滴りともいうべきもの、自分は露の滴る花びらに接吻する。そのとき自分は思わず遠い空を見る。そこに暁の星が瞬いていた。これはマクロコスモスの瞳ではないか。自分はその輝きに愛する者の再生の知らせを確認する。この夢では先にも述べたよ

うに女は一貫して、自分の気持ちをあらかじめ感知する。遠い空を眺めたとき、自分は女の再生を確認しようとしたのだろうが、星のまたたきは、女のその答えに他ならなかった。こうして自分は再び大きな宇宙によって抱擁されている自分を見出す。

これは宇宙との完全な諧和のなかに深い安堵を見出す、存在の根底をささえる夢というべきものではないだろうか。漱石には自我を去って、自然との諧和をもとめるつよい憧れがあり、それは子規あての手紙のなかにも、また「水底の感」の詩の中にも現れていたが、それをハーンの輪廻転生にもとづく日本的怪異の物語の枠を借りながら、そこにギリシャ神話、英詩の世界を見事に融合したひとつの美しい感触の世界を表現したと云える。愛するひととのこのような再会を、否定する意見もあるが、ここではそのような問題は取り上げない。重要なことは夢の感触であって、それは直截的であり、そこには知的裁断を超えたものがあると思うからだ。なお付け加えるならば、この夢によって漱石はそのロマン主義的な憧憬に一つの決着をつけただろうか。あまりそういう問題は意味がないだろう。既に述べてきたように、むしろ漱石は夢という、想像力の驚くべき放恣な跳躍という方法によって、彼の内なる地上を超えようとする年来の憧憬に渾然たる表現を与えることによって、改めて夢の感触として、一種疑似体験をなしたのだ。その疑似体験の感触の深さ、透明さは改めて漱石の心の深い部分に根付き、その文学に方向性を与えずにはおかなかったといえる。

＊1　三上公子「「第一夜」考――漱石「夢十夜」論への序」（鳥井正晴・藤井淑禎編『漱石作品論集成

第四巻 漾虚集・夢十夜』桜楓社、一九九一年）二五一頁

＊2 『漱石全集』第十九巻（岩波書店、一九九五年）一二四頁

＊3 The Works of William Shakespeare, edited by W.G. Clark and W.A. Wright, Macmillan and Co., London 1949, p.1064

＊4 ＊1に同じ、二五一頁

＊5 Lafcadio Hearn, Shadowings and A Japnese Miscellany, Boston and New York, Houghton Mifflin Company, 1923, p.199-200

# 第二夜

## 知の栄光と悲惨

文殊渡海図　鎌倉時代

# 第二夜

こんな夢を見た。

和尚の室を退がつて、廊下伝ひに自分の部屋へ帰ると行燈がぼんやり点つてゐる。片膝を座蒲団の上に突いて、燈心を掻き立てたとき、花の様な丁子がぽたりと朱塗の台に落ちた。同時に部屋がぱつと明るくなつた。

襖の画は蕪村の筆である。黒い柳を濃く薄く、遠近とかいて、寒むさうな漁夫が笠を傾けて土手の上を通る。床には海中文珠の軸が懸つてゐる。焚き残した線香が暗い方でいまだに臭つてゐる。広い寺だから森閑として、人気がない。黒い天井に差す丸行燈の丸い影が、仰向く途端に生きてる様に見えた。

立膝をした儘、左の手で座蒲団を捲つて、右を差し込んで見ると、思つた所に、ちやんとあつた。あれば安心だから、蒲団をもとの如く直して、其の上にどつかり坐つた。

御前は侍である。侍なら悟れぬ筈はなからうと和尚が云つた。さう何日迄も悟れぬ所を以て見ると、御前は侍ではあるまいと云つた。人間の屑ぢやと云つた。ははあ怒つたなと云つて笑つた。口惜しければ悟つた証拠を持つて来いと云つてぷいと向ふをむいた。怪しからん。

隣りの広間の床に据ゑてある置時計が次の刻を打つ迄には、屹度悟つて見せる。悟つた上で、今夜又入室する。さうして和尚の首と悟と引き替にしてやる。悟らなければ、和尚の命が取れない。どうしても悟らなければならない。自分は侍である。

もし悟れなければ自刃する。侍が辱しめられて、生きてゐる訳には行かない。奇麗に死んで仕舞ふ。

かう考へた時、自分の手は又思はず布団の下へ這入つた。さうして朱鞘の短刀を引き摺り出した。ぐつと柄を握つて、赤い鞘を向へ払つたら、冷たい刃が、一度に暗い部屋で光つた。凄いものが手元から、すうすうと逃げて行く様に思はれる。さうして、悉く切先へ集まつて、殺気を一点に籠めてゐる。自分は此の鋭い刃が、無念にも針の頭の様に縮められて、九寸五分の先へ来て已を得ず尖つてるのを見て、忽ちぐさりと遣り度なつた。身体の血が右の手首の方へ流れて来て、握つてゐる柄がにちや〳〵する。唇が顫へた。

短刀を鞘へ収めて右脇へ引きつけて置いて、それから全跏を組んだ。——趙州云く無と。無とは何だ。糞坊主めと歯噛をした。

奥歯を強く咬み締めたので、鼻から熱い息が荒く出る。米嚙が釣つて痛い。眼は普通の倍も大きく開けてやつた。

懸物が見える。行燈が見える。畳が見える。和尚の薬鑵頭があり〳〵と見える。鰐口を開いて嘲笑つた声まで聞える。怪しからん坊主だ。どうしてもあの薬鑵を首にしなくてはならん。悟つてやる。無だ、無だと舌の根で念じた。無だと云ふのに矢つ張り線香の香がした。何だ線香の癖に。

自分はいきなり拳骨を固めて自分の頭をいやと云ふ程擲つた。さうして奥歯をぎりぎりと噛んだ。両腋から汗が出る。脊中が棒の様になつた。膝の接目が急に痛くなつた。膝が折れたつてどうあるものかと思つた。けれども痛い。苦しい。無は中々出て来ない。出て来ると思ふとすぐ痛くなる。腹が立つ。無念になる。非常に口惜しくなる。涙がぽろ〳〵出る。一と思に身を巨巌の上に打けて、骨も肉も滅茶々々に摧いて仕舞ひたくなる。

それでも我慢して凝と坐つてゐた。堪へがたい程切ないものを胸に盛れて忍んでゐた。其切ないものが身体中の筋肉を下から持上げて、毛穴から外へ吹き出やう〳〵と焦るけれども、何処も一面に塞つて、丸で出口がない様な残刻極まる状態であつた。

其の内に頭が変になつた。行燈も蕪村の画も、畳も、違棚も有つて無い様な、無くつて有る様に見えた。と云つて無はちつとも現前しない。たゞ好加減に坐つてゐた様である。所へ忽然隣座敷の時計がチーンと鳴り始めた。

はつと思つた。右の手をすぐ短刀に掛けた。時計が二つ目をチーンと打つた。

これも待つということがキー・ワードといえる夢だ。自分は武士になって、座禅を組んでいる。公案を与えられ、精神を集中していわゆる無の公案と格闘するが、その無はなかなか現前しない。彼は無が現前しなければ、和尚の命を奪って、自分も死ぬ。彼の頭は次第に朦朧としてくる。其のとき隣座敷の時計が忽然とチーンとなり始めた。自分は右の手を短刀にかけた。時計が二つ目を打った。夢の語りはそこで終わる。漱石の禅体験に基づく夢だという事は周知のとおりだ。

ただこの夢では、自分が侍になっているところが、その体験とは異なるだろう。そこで覚悟は自ずと異なる。自分は短刀をひそかに忍ばせ、悟れなければ、自決する。悟ったならば、和尚の首を取る。いずれにせよ、そこには命が懸けられている。

漱石はこの夢ではそのような極めてせっぱつまった状況にじぶんを置いた。

人間死に直面したとき、始めて真剣になるとは漱石の持論だったと思う。しかし人間が現実に生きているとき、真に己の前に死が現存したときのように、それを見つめることは実際には困難であろう。漱石はそのことも百も承知だった。禅における悟りにしても同じ事で、真の悟達のいかに困難なるかは『行人』のなかの一郎の苦悩、また一郎によって語られる香厳の話を見ても判るだろう。

漱石はこの夢において死という覚悟を持つ侍を設定し、そこに悟ということのいかなるものなるかを探ろうとしたといえる。ということは、この夢は漱石が見たものというわけではない。このような論理一貫した夢を人間は見ることができるものではないだろう。ただ其の出発点は夢のなかでの死を予告された体験のようなものがあったということだ。誰しも夢で死刑に処せられかかったとか、殺されかかり、危うく逃れたという夢を見たことはあるだろうと思う。そのときのなんともいえない安堵感には現実では体験できない独特な真実味がある。漱石が目指したのはそのような深い現実感を持つ夢の体験、いいかえれば死の淵の前でなす座禅の行為の持つはずの感触というものではなかったか。ここでも語りは自刃の覚悟の高潮によって閉じる。時計の時をうつ響きは、なんという衝迫を伝えることだろうか。

これは参禅体験を夢としてあらわしたものだが、自分はいわゆる公案を和尚からもらって座禅に入る。周知のように公案は座禅における瞑想の核心である。いうまでもなく、座禅を組むものは、一切の雑念を払い只管打座しなければならない。しかし奇妙なことに自分の意識は集中無我にはいるどころか、逆に雑念に溢れかえっているようだ。自分の意識を襲うものは外界の出来事だ。

「燈心を搔き立てたとき、花の様な丁子がぽたりと朱塗りの台に落ちた。同時に部屋がぱつと明るくなつた。」

視覚そして聴覚も刺激を受けている。自分の目はさらにそこにある襖の画に向かい、蕪村の作と認識し、その画を解読する。と次には、床の軸に目が移り、「海中文珠」と認識する。つぎには「焚き残した線香」の臭いが嗅覚を襲う。そして聴覚も「広い寺だから森閑として、人気がない」というように動く。深い静寂のなかで自分は座禅を組み瞑想にはいるかと思いきや、全く異なった行為に出る。座蒲団の下にあるものを確認する。そして「思つた所に、ちやんとあつた」。「あれば安心だから、蒲団をもとの如く直して、その上にどっかり坐った」。

「どつかり」という副詞を自分の動作に使うのは日本語としてはやや不自然ではないだろうか。「どつかり」はいわば、坐り方の表現だが、そこにはある大仰さがある。それを自身の坐り方に使うとき、そこに自己の行為に対する誇示的意識があるのではないだろうか。そのような意識は座禅の精神に明らかに反するものではないだろうか。案の定、次に来るのはおよそ無我の境地などとは無縁の和尚にたいする憤懣の感情の表出なのだ。

「御前は侍である。侍なら悟れぬ筈はなからうと和尚が云つた…怪しからん。」

和尚は実に自分の気持ちをこれでもか、これでもかというように掻き立てて行く。自分の感情はいやがうえにも煽り立てられてゆき、「怪しからん」で頂点に達する。いうまでもないことだが、これは和尚の戦略ともいえよう。禅的悟達に最大の障害は我の意識だろう。侍ならば侍としての自負である。その自負を自らの手で粉砕することこそ悟達への第一歩だろう。しかし自分にはそのことはみえていない。そこでまずはゆさぶりをかけることだ。侍の自分は自分の存在の核とでもいうべきものを攻撃されて怒りに狂う。和尚の戦略はまんまと効を奏しているといえよう。とにかく人間の強固な自負を揺さぶり、罅を入らせ、それを完膚なきまで粉砕するのは容易ではないが、出発点として、それを怒りのなかに叩き込むのは極めて有効な手立てだてといえるだろう。ひとたび発した怒りは、そのエネルギーをなかなか収められるものではない。

悟りの決意は死と隣り合わせにまで高潮する。「隣りの広間の床に据ゑてある置時計が次の刻を打つ迄には、屹度悟つて見せる」。そして悟ったら和尚の命をとる。悟れなければ自刃する。「奇麗に死んでしまう」。

凄まじく性急な悟りへの願望だが、ある時刻までに悟ってみせるということのナンセンスなこと、それに悟りというものは、現在を飛躍した境地だろうから、悟ったら和尚の命をとるということ自体実に矛盾しているわけなのだが、夢のなかの自分は悟りなるものにむかうエネルギーの塊のようになっているから、そんなことは見えるはずはない。というよりは、自分は死を引き寄せることによって、悟りの到来の可能へと挑戦したのかもしれない。そこで、座蒲団の下から短刀を引っ張り出し、見入る。ここの描写はなかなか迫力がある。

「かう考へた時、自分の手は又思はず布団の下へ這入つた。さうして朱鞘の短刀を引き摺り出した。ぐつと柄を握つて、赤い鞘を向へ払つたら、冷たい刃が、一度に暗い部屋で光つた。凄いものが手元から、すうすうと逃げて行く様に思はれる。さうして、悉く切先へ集まつて、殺気を一点に籠めてゐる。自分は此の鋭い刃が、無念にも針の頭の様に縮められて、九寸五分の先へ来て已を得ず尖つてるのを見て、忽ちぐさりと遣り度なつた。身体の血が右の手首の方へ流れて来て、握つてゐる柄がにちやくする。唇が顫へた。」

凄いものとはいうまでも無く殺気である。殺気という一般的な語を、凄いという自分の主観に移し替えて、具体的切迫感を出す。さらにそれが「手元から、すうすうと逃げて行く」と語られる。「すうすう」は殺気の持つ冷ややかさが、抜き身の短刀を、手前から切っ先まで追って見てゆく自分の視線の動きとともに走る感覚にほかならない。殺気とは自分のなかにある強い決意が短刀自体に感情移入され、あたかも短刀が殺意を持っているかのように現象しているものだろう。切っ先の一点に凝結した殺気は、お前はほんとうに死ねるかという挑戦なのだ。

このように自分は死の決意を短刀を見ることで確かめる。しかしこのような確認は、実はなお死の決断にまで距離のあることを示してはいないだろうか。「ぐさりと遣り度な」るという衝動は「柄がにちや〳〵する」、「唇が顫へた」といった触覚あるいは身体感覚によって受け止められ、屈折する。なお自分の意識は反省的意識に捉えられるといっていい。

ところで座禅が組まれるのは実はここからだ。そして与えられた公案を考え出す。公案は趙州の無字の公案と呼ばれる有名な公案である。しかし自分は「無とは何だ。糞坊主めと歯噛をした」。のっけから挑戦的だ。しかしやっきになればなるほど、「無」は遠ざかるようだ。自分の意識は公案に集中するどころか、五感の働きが散乱して外界を受け止める。

「無」はなかなか出て来ない。非常にくやしい。「一と思に身を巨巌の上に打けて、骨も肉も滅茶々々に摧いて仕舞ひたくなる」。

「それでも我慢して凝と坐つてゐた。堪へがたい程切ないものを胸に盛れて忍んでゐた。其切ないものが身体中の筋肉を下から持上げて、毛穴から外へ吹き出やう〳〵と焦るけれども、何処も一面に塞がつて、丸で出口がない様な残刻極まる状態であつた。」

## 出口のない意識の残酷

意識は出口のないなかに閉じ込められる。「切ないもの」とは一体なんだろうか。今にも現れんとして現れない無と、それに伴う死を覚悟する意識と、両者の融合した感覚とでも言うべきものかと思う。ところでこの状態は『無門関』のなかに語られている悟達への次のような道程を連想せざるをえない。

漱石は明治二十七年二十七歳の十二月暮れの二十六日より十日間鎌倉円覚寺塔頭《たっちゅう》帰源院において、釈宗演のもとにおいて参禅した。菅虎雄の紹介によったものだったという。二十八年一月の斎藤阿具宛て書簡には「小子去冬より鎌倉の楞伽窟《りょうがくつ》に参禅の為め帰源院と申す処に止宿致し旬日の間折脚鐺《せっきゃくとう》裏《り》の粥にて飯袋を養ひ漸く一昨日下山の上帰京仕候五百生の野狐禅遂に本来の面目を撥出し来らず御憫笑可被下候」とある。「折脚鐺裏」とは「足折れ鍋」のことだが、『景徳伝燈録』(二十八)に見える言葉だ。この文面に「本来の面目とは何ぞや」とあるところからして、このときの公案は「父母未生以前本来の面目とは何ぞや」というものであったことは明らかである。そしてこのことは、「虚子著『鶏頭』序」にも記されていることだし、さらに後年『門』により詳細にこの時期の参禅体験を小説化したときも公案はそのようなものだった。しかしこの夢では「無とはなにか」である。これはやはり山田晃も『夢十夜参究』でいっているように、『無門関』第一則「狗子仏性」を指すものというべきだろう。[*1]

『無門関』第一則は「趙州無字の公案」として人口に膾炙したもので、「趙州和尚、因みに僧問う、『狗子に還って仏性有りや』。州云く、『無』」というものだ。鈴木大拙を師とする秋月龍珉の『無門関を読む』によればこれは「一切の『個物』の存在根拠である『絶対無』」というべきもので、これを「思想としてではなく、体験のうえで直接に摑むところに、『無字』の公案の意味がある」としている。[*2]では いかに体験によってわがものにするか、秋月は「無門和尚の『評唱』がその最良の答え」だとして現代語訳を示している。いまそれを要約しながら紹介したい。

無門は評していう、禅に参ずるには祖師の定めた関所を透《とお》らねばならない。それは何か。ただこの一箇の「無」の字。それが実は宗門の一関であり、そこを透りぬけたものは、趙州のみならず歴代の祖師と相接し、同一の眼で見、同一の耳で聞くことが出来る。それには、といって次の如き方策を示す。

「それには三百六十の骨節と八万四千の毛穴でもって、全身で一箇の疑団（疑いのカタマリ）になって、この一箇の『無』の字に参じ、昼も夜も、一日中これを問題として提撕《ひっさ》げよ。この『無』を〝虚無の無〟（断見──ニヒリズム）だと理解するな、〝有無の無〟だと理解するな。一箇の灼熱した鉄の玉を呑んでしまったようで、吐こうとしても吐き出せず、『呑もうにも呑みこめず』、これまでの悪い知識や悪い悟りを払い尽くして長いあいだ［練りあげて］純熟して、自然に内（主観）と外（客観）とが一つになる。そこは啞子が夢を見たようで、ただ自分だけが分かっていて、他人には語れないようなものだ。いきなりその「無」が爆発すると、天を驚かし地を動かして「驚天動地の事態が起こる」。関羽将軍の大刀を奪い得て手に入れたようで、仏に逢えば仏を殺し、祖師に逢えば祖師を殺し、生死(輪廻＝迷いの世界)の岸頭で大自在を得、六道四生、どこに生まれても何になっても、悠々たる遊戯《ゆげ》三昧《ざんまい》の心境になれる」[*3]。

以上が「無字の公案」に対する無門の評頌であるが、これからすると、この第二夜で「自分」の最後に到達した境地はこの評頌に描かれた状況にかなり近いものとしてあらわれているのではないだろうか。自分の最後の意識のありかたは「行燈も蕪村の画も、畳も、違棚も有って無い様な、無くって有る様に見えた」とある。この状況は「自然に内外打成一片《たじょういっぺん》なり」(自然に内(主観)と外(客観)とが一つになる)に相当するだろう。ただそこで無門は無が爆発するといっているが、自分は「無は現成しない」という。ところで「無が爆発する」とはどういうことか。無門は「驚天動地の事態が起きる」といっている。それは相対の境地を去って。絶対的自由の世界に突入したことを意味する。龍珉によれば、「『無我の我』という『無相の自己』(無位の真人《しんにん》)が自覚されるのです」[*4]ということになる。

## この夢の独特な意義

この無門の『評唱』からすれば、自分はいいところまで行ったのだが結局は挫折したというわけだ。それにしても、この夢は一体なにを意味するものか。以上述べてきたことからすれば、漱石はこの夢の叙述に当たって、『無門関』第一則を踏まえていることはあきらかであり、しかも座禅体験のうちでもかなり重要な過程をそれによって構成している。ひとによっては第二夜に語られた夢を挫折の体験として読むかも知れないし、あるいは禅への批判として読むかもしれない。しかしこの夢はそのような解釈で済ませるには、遥かに重要な意味を負わされているのではないか。漱石が参禅体験を夢として語ったのは、夢の持つ独特な感触による。実は先に触れた「虚子著『鶏頭』序」にも既に詳細な禅の悟りというものへの叙述があった。また『門』には参禅をより具体的に述べる、これまた詳細な語りがあった。さらに禅への関心は強く、漱石の数多くの作品の中でも禅には重要な役割を与えられていることは言うまでもない。しかしこの夢のように、悟りというものにズバリ切り込むことはなかった。そこにこの夢の持つ独自な意義がある。ではこの夢の持つ独自な感触とは何か。

十ある夢物語のなかで、この第二話はもっとも死と生の極限を行ったものだろうと思う。そのようなものとして、ここでは第三者というのは現れない。和尚が出て来るが、それはどこまでも「自分」の思念の中に出て来るものであり、徹底して語りは、あたかも蚕の繭に閉じ込められたように、「自分」という意識のなかに閉じ込められた「自分」によってなされている。そしてそれは人間にとってもっとも重要な悟り、いいかえれば、人間存在の根本義を照らす光の獲得という問題に直行する思念なのだ。極めて興味深いことは座禅体験が夢として語られたことだ。つまり、これは「無」を考えるに一切「自分」がこれまで身に着けて来た既存の教養とか人間的、社会的関係などからは無縁の、いわば真空に放り出された状況に置かれているということなのだ。端的にいえば、これは人間が死に臨んだ時の状況に他ならないといえる。人間が死に臨んだ時、彼は自分の死をどのように見つめるか。彼の財産も、地位も、社会的名声も、友人も、彼の死を前にして、すべて空しい。この虚無を前にして、なおかれは意味を問い続けざるを得ないだろう。漱石が夢という形式のなかに、参禅という行為を置いたということの深い意味はそこにあると思う。人間にとって、非本質的なことをすべて取り外し、本質的なことへの邁進、それがこの夢の持つ基本的な意味だ。我々の思念にしろ、あるいは感情にしろ、それらは実際にどうでもよいようなことで覆われている。そのような覆われをいかにとりはらってゆくか。そしてそれの取り払われたあとに一体なにが現出するのか。われわれは一般的に現実に死に面したとき、真の裸形に立ち返って、そのような赤裸な自分自身と対面することになるだろう。ただ、そのような状況は真に死に直面して初めて体験し得るものなのだ。その体験にもっとも近いものが夢の体験だとは言えまいか。夢こそその疑似体験なのだ。

『夢十夜』のなかでこの夢ほど夢の語り手が死の覚悟をもって自身に対決した夢はない。彼の誇りは恐ろしく強くて、己を侮辱した和尚を悟りと引き換えに刺し殺してやると覚悟している。一方で悟れなかったら、自刃すると決意している。ほの暗い、深い静寂の空間は激しい語り手の殺気にみなぎった空間だ。

七寸五分の短刀は「自分の決意」のメタファーであり、その切っ先は殺意へのうながしだ。結末において時が鳴る。そこで夢は終わる。緊張感はそこにおいて極度に達したはずだ。そこで夢が終わったのは、その激しい緊張感によって目覚めたのではないか。この夢が実際の体験を反映したものかどうかわからない。しかし、そのことはこの際あまり問題にはならないだろう。重要なことは夢としての強い感触を持ち得ているかどうかだ。そしてもちろん持ち得ているというべきだろう。

夢はこの場合死に向き合うその激しい感触によって、作者自身の意識の深部に達して、生涯の作家活動への羅針盤のごときものとして働き続けることになる。端的にいってしまえば、ここには近代的意識への徹底と、その徹底を貫いて、絶対による自己の救済をはかろうとする壮絶な闘いの凝縮されたものがある。なお、つけくわえるならば、『虞美人草』から『坑夫』への作家的歩みは、極めて乖離しているかに見えて、この夢によって統合されたといえる。というのも、『虞美人草』は藤尾からいえばその自我の誇りを貫いて死を選ぶという激しい結着を持ち、一方『坑夫』は緩慢な死を選びとった青年の内面世界を描く。青年は死を覚悟し、その覚悟を負って意識の闇を放浪する。結局これはその闇の探索のなかの自己の物語だが、第二夜は両者を、いわば凝縮し、煮詰めたもの、より純度の高いレベルにおいて追及したものだ。『夢十夜』はいわば漱石作品の基石ともいうべきものだが、そのなかでももっとも射程距離の長い夢と云うべきかと思う。

＊1　山田晃『夢十夜参究』（朝日書林、一九九三年一二月）四五―四六頁
＊2　秋月龍珉『無門関を読む』（講談社学術文庫、二〇〇二年一二月）三四―三五頁
＊3　＊2に同じ、三五―三六頁
＊4　＊2に同じ、三八頁

# 第三夜

# 逆行する時空

三遊亭円朝『怪談牡丹燈籠』「参」挿絵（伴蔵女房を殺害する場面）
東京稗史出版社　明17

## 第三夜

こんな夢を見た。

六つになる子供を負つてる。慥に自分の子である。只不思議な事には何時の間にか眼が潰れて、青坊主になつてゐる。自分が、御前の眼は何時潰れたのかいと聞くと、なに昔からさと答へた。声は子供の声に相違ないが、言葉つきは丸で大人である。しかも対等だ。

左右は青田である。路は細い。鷺の影が時々闇に差す。

「田圃へ掛つたね」と脊中で云つた。

「どうして解る」と顔を後ろへ振り向ける様にして聞いたら、

「だつて鷺が鳴くぢやないか」と答へた。

すると鷺が果して二声程鳴いた。

自分は我子ながら少し怖くなつた。こんなものを背負つてゐては、此先どうなるか分らない。どこか打遣る所はなからうかと向ふを見ると闇の中に大きな森が見えた。あすこならばと考へ出す途端に、脊中で、

「ふゝん」と云ふ声がした。

「何を笑ふんだ」

子供は返事をしなかつた。只

「御父さん、重いかい」と聞いた。

「重かあない」と答へると
「今に重くなるよ」と云つた。

自分は黙つて森を目標にあるいて行た。田の中の路が不規則にうねつて中々思ふ様に出られない。しばらくすると二股になつた。自分は股の根に立つて、一寸休んだ。

「石が立つてる筈だがな」と小僧が云つた。

成程八寸角の石が腰程の高さに立つてゐる。表には左り日ヶ窪、右堀田原とある。闇だのに赤い字が明らかに見えた。赤い字は井守の腹の様な色であつた。

「左が好いだらう」と小僧が命令した。左を見ると最先の森が、闇の影を、高い空から自分等の頭の上へ抛げかけてゐた。自分は一寸躊躇した。

「遠慮しないでもいゝ」と小僧が又云つた。自分は仕方なしに森の方へ歩き出した。腹の中では、よく盲目の癖に何でも知つてるなと考へながら一筋道を森へ近づいてくると、脊中で、

「どうも盲目は不自由で不可いね」と云つた。

「だから負ぶつてやるから可いぢやないか」

「負ぶつて貰つて済まないが、どうも人に馬鹿にされて不可い。親に迄馬鹿にされるから不可い」

何だか厭になつた。早く森へ行つて捨てて仕舞はふと思つて急いだ。

「もう少し行くと解る。――丁度こんな晩だつたな」と脊中で独言の様に云つてゐる。

「何が」と際どい声を出して聞いた。

「何がつて、知つてるぢやないか」と子供は嘲ける様に答へた。すると何だか知つてる様な気がし出した。けれども判然とは分らない。只こんな晩であつた様に思へる。さうしてもう少し行けば分る様に思へる。分つては大変だから、分からないうちに早く捨てゝ仕舞つて、安心しなくつてはならない様に思へる。自分は益足を早めた。

雨は最先から降つてゐる。路はだん〳〵暗くなる。殆んど夢中である。只脊中に小さい小僧が食附いてゐて、其小僧が自分の過去、現在、未来を悉く照らして、寸分の事実も洩らさない鏡の様に光つてゐる。しかもそれが自分の子である。さうして盲目である。自分は堪らなくなつた。

「此所だ、此所だ。丁度其の杉の根の所だ」

雨の中で小僧の声は判然聞えた。自分は覚えず留つた。何時しか森の中へ這入つてゐた。一間ばかり先にある黒いものは慥に小僧の云ふ通り杉の木と見えた。

「御父さん、其の杉の根の所だつたね」

「うん、さうだ」と思はず答へて仕舞つた。

「文化五年辰年だらう」

成程文化五年辰年らしく思はれた。

「御前がおれを殺したのは今から丁度百年前だね」

自分は此の言葉を聞くや否や、今から百年前文化五年の辰年のこんな闇の晩に、此の杉の根で、一人の盲目を殺したと云ふ自覚が、忽然として頭の中に起つた。おれは人殺であつたんだなと始めて気が附いた途端に、脊中の子が急に石地蔵の様に重くなつた。

## 因果の変容

『夢十夜』の中でも、もっとも論議の集中している夢だろう。一種の因果物語だが、単に因果物語というのではない。そこには自分の行為自体に復讐されるという、自意識のうちに潜む無意識と意識の葛藤の地獄図が横たわっている。これは道行だが、意識から無意識に降りてゆく道行きであり、そして無意識のなかに罪を発見してゆくという物語だ。荒正人がこの無意識の発見に、精神分析でいうオエディプス・コンプレックスを読み取ったことはよくしられているし、またその解釈によって、この夢がさまざまな解釈をよびこむことにもなった。

荒のオエディプス・コンプレックスによる解釈について言えば、やはりフロイトの理論がそのまますっきり妥当はしないという点にどうしても難点があるだろう、オエディプス・コンプレックスとは男の子の父親殺しの無意識的願望というものだが、この第三夜では子殺しになっている。しかもその子は百年前自分が殺した盲人の再生してきたものである。自分の負った子供を殺す道行は同時に百年前の盲人殺しの道行をなぞっている。これらは決定的な相違点だろう。やはり、子殺しは子殺しとして率直に認めたほうがよいのではないか。とすればここから思い浮かぶのは、ハーンの物語だろう。これは平川祐弘によってすでに指摘され、さらに両者が対比分析されている。[*1] ハーンの『知られぬ日本の面影 Glimpses of Unfamiliar Japan』の第二十一章「日本海の沿岸にて By the Japanese Sea」の一節にある物語だ。こどもを間引きした農夫の話だ。これは出雲の或る農夫が貧しさのために、子供が生まれるたびに、男の子であれ女の子であれ、川にながしていた。七人目は男の子だった。彼は生活も楽になったし、老後を見てもらうのに、必要だし、それにこの子は綺麗だといって、その子を育てることにした。ある夏の夜、彼は庭にでた。月の明るい晩だった。子供は五か月たっていた。農夫はおもわず「あゝ今夜は珍しいえゝ夜だ」とつぶやいた。そのとき子どもは父の顔をみながら、おとなの言葉で言った。「おとつっぁん、お前がわしをすてさしたときも丁度今夜のような月夜だったね」。それからこどもは同年の子供同様なにもいわなくなった。農夫は僧になったというものだ。

漱石が、このハーンの話を使ったことは確かだろうが、しかし共通するのは背に負っている子供が最後に父親に昔の子殺しの話を語るという場面だけであり、全体としてはかなりな差異を見せているというのが実際のところだ。まずなんといっても、一つは実生活の上での話であり、一つは夢の中の話という根本的違いがある。殺しにしてもハーンの話の場合には実際に間引きして殺したというものだが、第三夜では、百年前の殺しの記憶がよみがえるということになっている。それも漱石の場合には、百年前犯した盲人殺しであり、百年前では自分は生まれてはいない。にもかかわらず、背中の子はその時殺された盲目の男の再生でもあるかのように、告発する。それによって自分は、自分の中に深く眠っていたとも思える過去の罪を現在に手繰り寄せるのだ。それに負っている子供の目が見えないと言う点は大きい差異だろう。しかも幼く盲目であるくせに、歩いてゆく道筋については熟知している。雨が降っていて暗いので父親には見えない白鷺の鳴き声を予言する。しかも、自分を背負っている父親の心の動きを鋭敏に見抜き、父親の心の中を見透かすように父親の心のうごきを先取りして父に語る。

「雨は最先から降つてゐる。路はだん〳〵暗くなる。殆んど夢中である。只脊中に小さい小僧が食附いてゐて、その小僧が自分の過去、現在、未来を悉く照らして、寸分の事実も洩らさない鏡の様に光つてゐる。しかもそれが自分の子である、さうして盲目である。自分は堪らなくなつた。」

この「堪らなくなつた」が意味するのは明らかだろう。背中の子を放り出してしまう、盲目の子を雨の降りしきる暗夜の中で放り出すことが死を意味することは明らかだろう。まさしくこの瞬間だ、自分の百年間前犯した盲人殺しが宣告されるのは。自分は文化五年辰年に「こんな闇の晩に、此の杉の根で、一人の盲目を殺したと云ふ自覚が、忽然として頭の中に起つた」のだ。と同時に、次の瞬間背中の子が石地蔵の様に重くなった。夢はここで終わる。それはハーンの物語が「僧になった」で終わるのに対応する。ハーンの結末が因果応報の悪しきサイクルからの脱却とすれば、漱石の結末は、逆で重い罪の意識のもとで動くことも不可能な閉塞の状態を表すだろう。それぞれ背景の明るい夜、雨の降りしきる闇夜に相当する結末といえる。従って、ハーンのものには、なにかしら救済の光があるが、漱石の夢にはない。これを負われている子供の側からすれば、ハーンの場合、子供はいわば父親を覚醒させ、真の救済の道に導くポジティヴな役割を演じているとしたら、漱石の場合は逆に負っている子供は決定的な糾弾者だ。と同時に処罰者でもある。これは罪の差異にもよるのだろう。漱石の夢の如き場合、告発が同時に断罪では救済はないのではないか。盲人殺しの卑劣さはいうまでもない。なによりもこの夢には二重の殺人が行われているのだ。

ところでこのような感触は、告発即断罪という暗黒感は怪談のもつ感触、畏怖感と共通するものといっていいだろう。

## 盲人殺しのポエチカ

この点でより一般的な典拠としては盲人殺しの怪談があげられてくる。これは相原和邦によって早くから指摘されていることである。[*2]
相原は、第三夜に組み込まれた怪談ものとして河竹黙阿弥『蔦紅葉宇津谷峠』、三遊亭円朝『真景累が淵』、鶴屋南北『東海道四谷怪談』をあげる。そのうち盲人殺しを扱っているのが、前二作品である。『蔦紅葉宇津谷峠』は黙阿弥最高傑作のひとつで通称「文弥殺し」「按摩殺し」とよばれて、殺しの場面が特に人気をよんだようだ。文弥はまだ若い十七八歳の按摩、座頭市のより高い座を買い取るため百両もって京に登ろうとしているが、難所の宇津谷峠を越えなければならない。伊丹屋十兵衛が道中の難儀を手助けしようと案内を買って出るが、彼自身金策に窮している。峠でかれは文弥に持参の百両を貸してくれと頼み込み、結局文弥を殺してしまう。『真景累が淵』の場合にも貸した金の返済を迫る按摩を、新左エ門という武家が酒の勢いも借りて斬り殺し、それが長い因果話の発端となっている。

盲人殺しにはなにかしら通常の殺しより以上の残酷さが伴う。盲人が無抵抗だからであろうか。その守ってやるべき無抵抗を逆用して殺すことが、一層残酷な感情をわれわれに持たせるからだろうか。外界を見るという光を失った代償に闇の世界に生命の感覚だけを頼るべき光として生きる存在の最後のか弱い光をむざむざ奪ってしまうためであろうか。

いずれにせよ、盲人と云う暗黒の世界に生きる存在自体のもつ哀れさ、にもかかわらず生きようという意志の強固さ、またそういうところにひそかに仕掛けられた矜持、盲人しか持ちえない小宇宙の秘密、それはボードレールの『悪の華』のなかの詩篇「盲人たち Les Aveugles」によくあらわされているものだ。詩人はそこで盲人たちを「永遠の沈黙の兄弟」と呼び、彼らの頭が空にむけられているという。「永遠の沈黙」とはパスカルが「宇宙の永遠の沈黙は自分を畏怖させる」と語ったものだ。しかしボードレールは盲人をその兄弟と呼んだ。盲人にはなにかしら永遠と通い合うものがあるということなのだろうか。あるいはそれを求めてやまないものがあるということなのか。とすれば、盲人殺しは一層呪われた殺しという事になろう。いわば陰惨な殺しであり、その応報としての罰も救済を持たない苛酷なものとなる。

第三夜の時間空間はそのような陰惨さに満ちている。しかも怪談風の不気味さが漂っている。闇の田んぼ道を行くが、目指す森にはなかなか行き着かない。石の道標があり、そこに「左り日ケ窪、右堀田原」と書かれているが、「闇だのに赤い字が明らかに見えた。赤い字は井守の腹の様な色であった」。闇であるにもかかわらず、赤い字がはっきり見えというのだ。しかも雨が降っている。雨は闇を一層悲惨なものにするだろう。闇が自分の意識を閉じ込め、雨がその閉塞をより強める。自分の意識は今や背中のこどもを放り出すという一点に集中している。

さて漱石はこの夢の創作に当たっては、前記の怪談ものを利用したといってよいが、特に『真景累が淵』は第三夜の雰囲気を描き出すうえで、見逃せない怪談の詩学《ポエチカ》ともいうべきものを提供しているように思う。

円朝のこの怪談話では雨に振り込められた殺しの場面がよくでてくる。雨と暗黒に包まれた空間というものは、秘密裡に葬り去ってしまいたい残酷行為にもっともうってつけの空間なのだろう。

注目すべきことは、先の「日ケ窪」にせよ、「堀田原」にせよ、これが実在の固有名詞であるということだ。この極めて暗澹たる夢の空間のなかでなぜ固有名詞が使われねばならなかったのか。一般の読者はこれらの地名は江戸の怪談話にでもありそうな架空の地名として、しかしなんとなく陰惨な地名としてうけとるのではなかろうか。実際この夢の表出する印象にそれはぴたりあてはまっている。「日ケ窪」は日の目を見ぬ隠微な窪地、「堀田原」は荒涼たる荒野、この夢の不気味な雰囲気を作るにはわれわれの想像力に浮かぶそのようなイメージで十分だろう。だが実際にはこれらは実名だった。

ちなみに「日ケ窪」は犬塚稔『文政江戸町細見』によれば「北日ヶ窪町」の古い呼び名で、「北日ケ窪町」については「麻布六本木町（龍土六本木町、飯倉六本木町の併称）の東、芋洗坂の両側から坂下に至る町屋とある。坂下は三方に丘があり、その地窪にあって樹林にさえぎられ日当りが悪く、日ヶ窪の名は村方の頃からの古い呼び名[*3]」とある。さらに「堀田原」は「南は奥州街道浅草元旅籠町

一、二丁目から西裏の小石川富坂町代地の西端、北は黒船町代地の西から陸尺屋敷の東端まで、方二丁余の地をいう」[*4]とある。これからすると「日ケ窪」は麻布で、「堀田原」は浅草だから近い場所とは言えないが、漱石の関係でいうと幼少時養父塩原昌之助とともに住むことを通じて、それぞれの場所になじんでいたのではないかと思われる。その二つの場所を漱石は第三夜の道標に使ったのだ。現実にはこのような方向指示の道標はなかったろう。しかし漱石は現実の地名をそこに使う事で怪談的な感触をより効果的に作り出したといえる。

## 闇からの告発という怪談話

漱石は以上のような怪談というものの詩学《ポエチカ》、いわば怪談の創作方法によりながら、しかし全く異なった物語を創ったと言ってよい。ハーンの物語では、七番目に生まれた男の子がそれまでの間引きされた死霊の口を借りて父親に過去の子殺しを暴いてゆくのに対して、ここでは父親の私の内部のなかに、それを見出して行くと言う点では百年前の盲人殺しが、無意識ともいうべき自分の前世の闇の中に見だされてゆく。いいかえればハーンで具体的な行為が罪を形成しているが、ここでは自分の前世ともいうべきもの、それは人間が明瞭な存在の意識を持つ以前に横たわるともいえる闇の彼方に、犯した罪というものの自覚なのだ。これは輪廻転生説を思い起こさせるが、恐らくここにはそれを超えた問題があるのではないか。いわば存在すること自体への罪の意識と言う問題がここにはあるのではないか。

ここに描かれる罪の恐ろしさは、我々の意識の埒外にあって、ひょっとしたら我々がおかしているかもしれないという、倫理的不確定性の恐怖である。ゾシマ長老は、自分は万人に罪があるといった。『こころ』の主人公はKの自殺のあと、自分の罪を深く感じたという。『審判』のKもまた自分は潔白だと思いながらも、なお罪があるのではないかという思いに捉われている。

これは一種の道行きだが、時間の進行はじつは過去の再現にほかならない。おそらく百年前按摩を背負ってかあるいは手を引いてか、その道を行ったに違いない。私の背中の子供は、全てを知っている。盲目のくせに、又七歳のくせに全てを知っている。そしてすべて予言がたちどころに当たる。背中の子供は、私の過去・現在・未来を隈なく知っている。そして最後には殺意を見抜く。と同時に私の内なる罪の意識が完成し、私に重くのしかかってくる。それは背中の子供の死であると同時に、私の罪の重さでもあり、私はそこで罪の重さゆえに押しつぶされてゆくだろう。

## 盲目の子供の正体

ところで盲目の子供とはなんだろうか。しかも丸坊主で、大人の口を聞く。一応、これが按摩の死霊だろうということは、先に述べた典拠からいえるだろう。このような存在自体不気味だ。既に怨霊の復讐の半ばは実現したといっていい。しかし漱石はそれだけの恐怖で満足はしなかった。更なる恐怖を作ってゆく。それは自分の背中に取り付いて、しかも恐るべき予知能力を持っている。今や子供は父親の過去・現在・未来を貫く浄玻璃の鏡として感じられるに到った。父親の中に子供を放擲しようという衝動が起こるのはそのときだが、子供が真実を暴露し、最後に父を裁くのと同時だ。ついに父親は自分の罪を認めるに到る。かれは自己の無意識の闇を辿って、その根元に潜む按摩殺しという恐るべき過去の罪にいたる。

盲目の子供の恐怖はそれが自分の背中にあって、自分を押しやっていることだろう。どこに行くのか判らない。しかし子供は自分を押しやる。この自分を押しやる何かしら不可解な力、こにはなにかしらショウペンハウエルの盲目的意志のメタファーでもあるかのように感じさせるものがある。

盲目的意志とは人間を貫く、生きんという意志だが、しかしそこには目的もなければ、生きる意味も与えられてはいない。第七夜の夢で語られる汽船の恐怖はまさしくそれを表す。生きるという事は素晴らしいことだ、しかしわれわれを前へ前と押しやるものがなんら目的ももたない、ただただ盲動するだけのものだとしたら、それは恐ろしい。まして、それに突き動かされて到り着くところに自分の犯した恐ろしい罪の開示が待っているのだとしたら。これほど畏怖的なものはあるまい。

ここでどうしても、背中に負った盲目の子供を、宇宙を貫く盲目的意志（blind will to live）のメタファーではないかという思いに駆られてしまう。盲目的意志とは、生命というものはこのような衝動によって発動してゆくものだという、ショーペンハウエルの言葉だ。その主著『意志と表象としての世界』を貫くキー概念だ。漱石も「文芸の哲学的基礎」のなかで、「生欲の盲動的意志」[*5]という言葉でふれている。もっとも漱石はショーペンハウエルのようにそれを本質としては捉えず、「此傾向は意識の内容を構成して居る一部分即ち属性と見做して仕舞ひます。」と記しているように意識の属性、即ちある傾向として考えているようだ。というのもこの論文では漱石は意識だけが実在するのであって、それ以上の本質の実在は認めない。だが、意識の属性であれ生命意識の盲動的意志は認めていることになる。

このような意志によって人間の生命は流れてゆくものである以上、人間は何処から来て、何処へ行くかという問いは無意味ということになる。ショーペンハウエルの哲学が厭世哲学といわれるゆえんだが、しかしショーペンハウエルは自殺にたいしては否定的だ。ショーペンハウエルは死については、それは人間の個体が死滅するのであって、意識は死なないと考える。

ところでショーペンハウエルは『意志と表象としての世界』第三章第五十一節で三つの悲劇の種類というのを紹介する。第一が、仕掛け人によるもの、第二が『オエディプス王』のごとき運命悲劇、第三が悲劇の仕掛け人とか運命というものの不在の悲劇だ。これは人間と人間との関係、そこにあらわな殺意とか害意をもたないで人間関係の絡み合いの結果として惹き起される悲劇、この悲劇は現代風にいえばいわば不条理の悲劇とも言うべきものだろう。つまり盲目的意志の結果としてもたらされる悲劇だ。盲目的意志のままに生きていて惹き起される悲劇、そこに人間は責任をとりようがないだろう。ショーペンハウエルはこの第三の悲劇が最も恐るべきものという。[*6] 考えて見ると漱石文学の根底を流れる基調低音がここにあるのではないだろうか。そして『夢十夜』を貫く情緒というもののもそのような存在の持つ不安の底流というものではないだろうか。

このような構造は柄谷行人も指摘するように『オエディプス王』における運命悲劇の構造に似ている。王は自分の治める国に悪疫が流行る。その原因を次々と探らせるのだが、それでも悪疫はやまない。そこで最後に盲目の預言者に悪疫の原因をかたらせ、遂に、自分こそがその悪疫の原因であることを知り、さらに過去の自分の犯した罪がかれの眼前にありありと開示されるのだ。

盲目者こそが真実の認識者というアイロニー、それこそまさにこのギリシャ悲劇のアイロニーそのものだが、漱石のこの夢にもいたるところにアイロニーは仕掛けられている。盲目でありながら、かれは父親の過去・現在・未来を見通しているのだ。オエディプス王は過去の自分の犯した罪が暴かれるのを知ったとき、みずから目をくりぬく。この夢では子供が急に重くなる。それはいわば石に化したといえる。オエディプスの行為は一種の自己処罰だが、特筆すべきことは、これが非情な運命の翻弄のままに生きてきたオエディプスにとっての始めての自己意思の行使だったということだ。それではなぜかれは眼を潰したか。これは、自分は運命の前に盲目だったということとの告白であり、同時に運命の過酷に対する人間からの告発ともいえよう。この告発、そして警告によって、オエディプスは人間としての尊厳を守ったといえる。そこにオエディプスの偉大さがある。一方漱石のこの夢では、自己意思の行使は背中の子供を捨てようというところに見られる。しかし背中の子供はそのことをもしっている。しかもその結果が盲人の殺害の開示にいたることも知っている。父親の自己意思の発動はこうして完全に盲目のわが子の予言のなかに閉じこめられている。しかも罪の開示はそのまま子供の死、言い換えれば盲目意志の死を意味する。これは死によって閉じられるしかない悲劇を意味していよう。盲目的意志の死とは結局自殺を意味するのではなかろうか。そう考えて見れば、この夢で漱石は盲目意志に閉じ込められた人間にとって、自殺こそが最終的な自己意志の発現であることを言っているのだ。しかしそれとても盲目意志は自己のうちに取り込んでゆくことになる。

結局この夢は怪談の詩学ともいうべきものによりながら、いわゆる怪談が仏教的輪廻の因果応報によるものという意味では、この夢の自分の罪はそのようなものとは異なるのではないか。漱石が百年昔に犯した殺人が現在の自分の上に祟りとして蘇ると信じていただろうか。信じていたとは思われない。しかし、人間関係の闇のなかで犯した罪については畏怖を持っていたのではないか。

## 盲目の小僧の原型を『坑夫』に見る

ところでこの夢の構造を考えて見た場合、『坑夫』との関連が浮かび上がってくる。それは道行と小僧の存在だ。この小僧こそ第三夜の小僧の原型ではないだろうか。『坑夫』の主人公は長蔵さんに連れられて鉱山に向かって山道をたどる。その途中で突然現れたのが小僧だ。いわば山からやってきた小僧。黙々として、冷や飯草履をぴちゃぴちゃさせながら、黙々とついてくる小僧。主人公はそれを蝙蝠のように感じ、何かしら物騒と感じるのだ。主人公を鉱山に連れてゆく長蔵さんが何処へ行くかと聞くと、「何所へも行きあしねえ」とこたえる。何処へ帰るかと聞くと「何処へも帰りやしねえ」

という。主人公はふたりきりだと堪らないと感じる。たかが小僧一人になぜ主人公は恐怖に近いものを抱いたのか。

主人公は死を覚悟したくらいだから、普通の人間に恐怖を感ずることなどあるはずがない。主人公がかなわないとおもったのは小僧の恐るべき野生の強さだったと思う。小僧には通常の社会的礼節などない。野生の儘生きて、しかも傲然としている。その傲然さは長蔵さんへの小僧の何処へも行かないし、また帰りもしないという回答によく出ているだろう。空間的にゆくところもなければまた帰るところもないというのは、時間的にも過去もなければ未来もないということになるだろう。いわば瞬間瞬間に生きる存在。そこに目的もなければ、また束縛されるべき過去もない。ただ生きるという本能だけが現存する存在。いわば盲動する生の意志のメタファーともいうべき存在。それが小僧ではないか。

## 潜伏者

ところで漱石は『坑夫』で「潜伏者」ということをいっている。

「病気に潜伏期がある如く、吾々の思想や感情にも潜伏期がある。此の潜伏期の間には自分で其の思想を有ちながら、其の感情に制せられながら、ちつとも自覚しない。又此の思想や感情が外界の因縁で意識の表面へ出て来る機会がないと、生涯其の思想や感情の支配を受けながら、自分は決してそんな影響を蒙つた覚がないと主張する。其の証拠は此の通りと、どし〳〵反対の行為言動をして見せる。が其の行為言動が、傍から見ると矛盾になつてゐる。自分でもはてなと思ふ事がある。はてなと気が附かないでも飛んだ苦しみを受ける場合が起つてくる。自分が前に云つた少女に苦しめられたのも、元はと云へば、矢つ張り此の潜伏者を自覚し得なかつたからである。此の正体の知れないものが、少しも心を冒さない先に、劇薬でも注射して、悉く殺し尽す事が出来たなら、人間幾多の矛盾や、世上の幾多の不幸は起らずに済んだらうに、所がさう思ふ様に行かんのは、人にも自分にも気の毒の至りである。」

潜伏者を「正体のしれないもの」と云っているところに注目すれば、小僧とこれはかさなりあうのではないか。主人公は潜伏者が殺せればと云っているが、殺せないところに潜伏者の恐ろしさがあるのだろう。にもかかわらず、ひとたびこの潜伏者の思想に目覚めたものは、その不意を打ってくる出現の前に畏怖せざるを得ないだろう。そして漱石こそ、生涯その不安を抱え、その超克へと血のにじむような苦闘を貫いた作家だった。

＊1　平川祐弘「子供を捨てた父――ハーンの民話と漱石の『夢十夜』――」（坂本育雄編『夏目漱石『夢十夜』作品論集成Ⅱ』大空社、一九九六年六月）一九八―一二三頁

＊2　相原和邦「『夢十夜』試論――第三夜の背景――」（＊1に同じ）一八六―一九七頁

＊3　犬塚稔『文政江戸町細見』（雄山閣、一九八五年）一二六頁

＊4　＊3に同じ、三四八頁

＊5　『漱石全集』十六巻、七四頁

＊6　ショーペンハウアー、西尾幹二訳『意志と表象としての世界』中央公論社、昭和五五年四月）四七三—四七四頁

# 第四夜

## 剽軽な道士の道行

中国の道士スタイル

周錫保『中国古代服飾史』中国演劇出版社　一九八四

# 第四夜

広い土間の真中に涼み台の様なものを据ゑて、其周囲に小さい床几が並べてある。台は黒光りに光つてゐる。片隅には四角な膳を前に置いて爺さんが一人で酒を飲んでゐる。肴は煮しめらしい。

爺さんは酒の加減で中々赤くなつてゐる。其の上顔中沢々して皺と云ふ程のものはどこにも見当らない。只白い髯をありたけ生やしてゐるから年寄と云ふ事丈は判る。自分は子供ながら、此の爺さんの年は幾何なんだらうと思つた。所へ裏の筧から手桶に水を汲んで来た神さんが、前垂で手を拭きながら、

「御爺さんは幾年かね」と聞いた。爺さんは頰張つた煮〆を呑み込んで、

「幾年か忘れたよ」と澄ましてゐた。神さんは拭いた手を、細い帯の間に挟んで横から爺さんの顔を見て立つてゐた。爺さんは茶碗の様な大きなもので酒をぐいと飲んで、さうして、ふうと長い息を白い髯の間から吹き出した。すると神さんが、

「御爺さんの家は何処かね」と聞いた。爺さんは長い息を途中で切つて、

「臍の奥だよ」と云つた。神さんは手を細い帯の間に突込んだ儘、

「どこへ行くかね」と又聞いた。すると爺さんが、又茶碗の様な大きなもので熱い酒をぐいと飲んで、前の様な息をふうと吹いて、

「あっちへ行くよ」と云つた。

「真直かい」と神さんが聞いた時、ふうと吹いた息が、障子を通り越して柳の下を抜けて、河原の方へ真直に行つた。

爺さんが表へ出た。自分も後から出た。爺さんの腰に小さい瓢箪がぶら下がつてゐる。肩から四角な箱を腋の下へ釣るしてゐる。浅黄の股引を穿いて、浅黄の袖無しを着てゐる。足袋丈が黄色い。何だか皮で作つた足袋の様に見えた。

爺さんが真直に柳の下迄来た。柳の下に子供が三四人居た。爺さんは笑ひながら腰から浅黄の手拭を出した。それを肝心綯の様に細長く綯つた。さうして地面の真中に置いた。それから手拭の周囲に、大きな丸い輪を描いた。しまひに肩にかけた箱の中から真鍮で製らへた飴屋の笛を出した。

「今に其の手拭が蛇になるから、見て居らう。見て居らう」と繰返して云つた。

子供は一生懸命に手拭を見て居た。自分も見て居た。

「見て居らう、見て居らう。好いか」と云いながら爺さんが笛を吹いて、輪の上をぐる〳〵廻り出した。自分は手拭許り見て居た。けれども手拭は一向動かなかつた。

爺さんは笛をぴい〳〵吹いた。さうして輪の上を何遍も廻つた。草鞋を爪立てる様に、抜足をする様に、手拭に遠慮をする様に、廻つた。怖さうにも見えた。面白さうにもあつた。

やがて爺さんは笛をぴたりと已めた。さうして、肩に掛けた箱の口を開けて、手拭の首を、ちよいと撮んで、ほつと放り込んだ。
「かうして置くと、箱の中で蛇になる。今に見せてやる。今に見せてやる」と云ひながら、爺さんが真直に歩き出した。柳の下を抜けて、細い路を真直に下て行つた。自分は蛇が見たいから、細い道を何処迄も追いて行つた。爺さんは時々「今になる」と云つたり、「蛇になる」と云つたりして歩いて行く。仕舞には、
「今になる、蛇になる、
屹度なる、笛が鳴る、」
と唄ひながら、とう〳〵河の岸へ出た。橋も舟もないから、此処で休んで箱の中の蛇を見せるだらうと思つてゐると、爺さんはざぶ〳〵河の中へ這入り出した。始めは膝位の深さであつたが、段々腰から、胸の方迄水に浸つて見えなくなる。それでも爺さんは
「深くなる、夜になる、
真直になる」
と唄ひながら、どこ迄も真直に歩いて行つた。さうして髯も顔も頭も頭巾も丸で見えなくつて仕舞つた。
自分は爺さんが向岸へ上がつた時に、蛇を見せるだらうと思つて、葦の鳴る所に立つて、たつた一人何時迄も待つてゐた。けれども爺さんは、とう〳〵上がつて来なかつた。

## 書き出しの問題

ここでは第一夜、第二夜、第三夜の夢の冒頭に置かれた「こんな夢を見た」といういわば読者を夢の時空へと一挙に導入する言葉は省略されている。なお以下の六夜の夢でこの導入が置かれるのは第五夜だけだ。というのも十回の夢の語りを同じ導入で繰り返すのは単調だという判断によるものか、それとも夢の内容によるものか。あるいは、語りの問題、視点の問題によるものなのか。どうやらこのあとのふたつは関連しあっているようだ。つまり視点が自己に向かうかそれとも客観的対象に向かうかで別れてくる。第一夜、第二夜、第三夜、第五夜はそのものずばり自己について語っている。第一夜、第三夜は現在の自分、第二夜は過去の自分、第五夜は太古に生きた自分というものだろう。第五夜は「こんな夢を見た」という導入のあとに「なんでも余程古い事で」と付け加えられている。「なんでも」といういわば回想を手繰り寄せるような出だしの言葉がここで付け加えられていうというのは、時間的に太古の自分ということを強調したかったからだろうか。この関連でいうならば自己を語ったものとしては、第七夜の自殺決行の夢、第九夜の維新の前後の幼児期の夢があるが、第七夜では「なんでも」という言葉で書き出されて、夢であることが暗示されているし、第九夜では、結末に「こんな悲い話を、夢の中で母から聞いた」と云う形で夢という事が示されている。

そこで眼を転じて第四夜、第六夜、第八夜、第十夜とみて見ると、語りの対象は自己よりは客観的な事象に向かっている。こうしてみると、第四夜冒頭の「こんな夢を見た」の出だしの脱落もその内容と関わるということになるのかもしれない。

## 好奇と期待の眼差し

今述べたように、これは子供の自分のみた外界の風景だが、よくみると、それほど徹底的に客観的であるというわけでもない。夢を語るのは子供の自分であり、子供としての好奇と期待の念が叙述の中によく現されている。いかにも客観的な叙述に見えるが、じつは好奇と期待のまなざしが単に客観的な叙述にとどまらず、いきいきとした表現を作り出しているといえる。ここでも観察者である子供の自分が頭のなかに浮かべた想念が、感応作用によってでもあるかのように、具体的に第三者、ここでは茶店の「神さん」によって具体的な言葉として引き出されている。そのこともまた表現に非常な生彩を与えているに違いない。このような、夢のなかの主人公の想念が他者によって具体的に引き出されるという、いわば他者がその想念を透視してでもいるかのような感応的表現はこの夢の前の第三夜にもっともよくあらわれているが、おそらく『夢十夜』における夢をえがくという超現実創造の場合の、ひとつの強力な手法であるに違いない。いうまでもなく、他者によって自分の心を見透かされるということは一種不気味で超現実的なことだから。

夢は多くの場合奇矯なイメージを造形するが、この場合もまず情景の描写から始まる。ただその場合、茶店というように概念的に抽象的に一挙に場所を指示するのではなく、いわばペリフラーズ(périphrase 迂言法)の手法、茶屋という単純な観念を複数の具体的な「もの」によって、間接的に表現する手法によって表現する。この手法は子供の純朴な眼差しに見合った手法といえるだろう。云うまでもなく子供はものを、概念ではなく、具体的な感覚の集合体として捉えるからだ。

「広い土間の真中に涼み台の様なものを据ゑて、其周囲に小さい床几が並べてある。」

これはまるで芝居の書割のようではないだろうか。しかし単なる書割でもないようだ。それは「台は黒光りに光つてゐる」が夢の世界の不気味さを示しているといえるだろう。それは夢の中にほの浮かぶ芝居小屋の一場景といってもいい。そしてこれも芝居の登場人物でもあるかのように、「爺さん」が登場する。爺さんは「一人で酒を飲んでゐる」、なぜひとりなのだろう。その茶屋にほかの客がいるかどうかはわからない。とにかく子供の自分はそれをあたかも目を丸くしてでもいるようにみている。爺さんは結構酒を飲んでいるのだろう。

「中々赤くなつてゐる。其の上顔中沢々し皺と云ふ程のものはどこにも見当たらない。只白い髯をありたけ生やしてゐるから年寄りと云ふ事丈は判《わか》る。」

これは奇妙な年寄りだ。そこで子供の自分はおもわずこの爺さんはいくつぐらいかという疑問に捉えられる。それに感応したかのように「裏の筧から手桶に水を汲んで来た神さんが前垂で手を拭きながら、『御爺さんは幾年《いくつ》かね』と聞いた」。それに対して爺さんは「頬張つた煮〆を呑み込んで、『幾年か忘れたよ』と澄ましてゐた」。

ここから第二の登場人物神さんと爺さんとの問答が始まるのだが、この問答もまた子供の自分を驚かしたに違いない。神さんが「御爺さんの家は何処かね」と聞いたのに対して、「臍の奥」と答えるのだ。神さんはさらに「どこへ行くかね」ときくと、「あっちへ行くよ」とこたえる。「真直かい」と聞くと、「ふうと吹いた息が、障子を通り越して柳の下を抜けて、河原の方へ真直に行った」。

## 禅問答のパロディとして

なにやら禅問答じみたこのやりとりは、人間何処から来て何処へさるかという命題のパロディのようでもある。神さんが爺さんの家を聞いたのは、その来所を訪ねたもの、また何処へゆくかときいたのはいわば去所を聞いたものだろう。この元来人間にとってもっとも根本的であるはずの問題は爺さんにとってはなんら頭を悩ますものなどではありえない。来所は「臍の奥」、そして去所は「あっち」でその方向は極めて明確だ。「真直」というもの。この真っ直ぐというのは、神さんの「真直かい」に答えたもの。禅問答的といったのはこの神さんの感応的な問いかけにもよる。通常ならば爺さんの応えの馬鹿馬鹿しさに腹を立てて、相手にすることはやめるだろう。しかし神さんは「あっち」という答えに対して、爺さんの意向を読み取ったごとく、「真直かい」と限定して聞くのだ。いずれも人を食った答えだが、いかにもこの奇妙な爺さんにふさわしい応え方といえる。しかも爺さんは「あっち」という方向を示すに酒の勢いをかりて長い息を吹いて示すのだ。そしてその息は障子を通り越し、柳の下を抜けて河原へまっすぐに行った。長い息がまるで命あるかのごとく河原まで直進するところ、爺さんをますます謎めいた、なにかしら神秘的力の所有者として、子供の自分を一層ひき付け、次の場面を用意する。

ところで神さんは爺さんにその家を聞いた。これは必ずしも来所を聞いたというのとは異なるかもしれない。家とは住んでいる場所のことだとすれば、それは爺さんが其処から出て其処へ矢張り戻る場所だろう。とすれば必ずしも来所とはいえないかもしれない。むしろ常住の場所と解すべきかも知れない。となれば「臍の奥」とはなんだろう。大体人間が自分の体の中に住むなんていうことはありえない。ここでこれは一つのメタファーとして解するより仕方が無いだろう。臍下丹田という言葉がある。これは禅家において至りつくべき悟りの境を示すといっていいかと思う。

『草枕』の那美さんが読んでいた白隠禅師の「遠羅天釜《おらてがま》」に天台大師の『摩訶止観』の大意を述べた箇所がある。次の様に記す。

「縦ひ何分の聖教を披覧し、何分の法理を観察し、或は長座不臥し或は六時行道すと云へども、常に心気をして臍輪気海丹田腰脚の間に充しめ、塵務繁絮の間、賓客揖譲の席に於ても片時も放退せざる時は、臍下瓠然たる事未た篠打せざる鞠の如し。若し人養ひ得て斯の如くなる時は、終日坐して曽て飽かず、終日誦じて曽て倦まず、終日書して曽て困せず、終日説て曽て屈せず。[*1]」

心気を臍下丹田に充満させ常住不断にそのことに専心すれば悟達の境を得るというのだ。

爺さんはいわば覚者なのだ。覚者として自在を得たもの、そして真っ直ぐは直指《じきし》人心《じんしん》見性《けんしょう》成仏《じょうぶつ》の

「直指」を意味しよう。直指とは「比喩や遠まわしのいい方によらないで、直接、端的にそのものを示すこと」（『大日本国語辞典』）だという。しかもこの爺さんにはなにかしらユーモアがある。大体人間の体の中でどこが一番ユーモラスかといえば、それは「臍」ではないだろうか。「臍の奥」はユーモラスであると同時に、なにやら不思議の感を漂わせる。

この茶屋の神さんと爺さんのやりとりを禅問答のパロディと書いたが、それというのも『無門関』の公案「趙州勘婆」によく似ているからだ。これも有名な公案のひとつだが、ある僧が一人の老婆に五台山への道は何処かと聞く。老婆は真直ぐゆけというので、僧が三、五歩ゆくと、老婆はなかなかの坊さんだが、やはり同じようにゆくと云った。それを聞いて趙州が次の日老婆のもとに行き、同じ問をかける。老婆の答えは同じ。趙州は帰ってきて門下の大衆を集め、老婆を勘破した（見破った）といった。無門和尚がそれを批評し、どこを見破ったのかと問う。こういう公案である。爺さんはあたかもこれを踏まえているように答えるのだが、その答え方は酒の勢いをかりて息を吹きかけて示すというもので、公案をいわばはぐらかしたと云える。先にパロディ化したというのはそのためだ。

漱石は『禅門法語集』正続への書き込みではかなりおおくのところで激しく批判をしている。例えば鈴木正三「驢鞍橋」についての批評の中でこういっている。

「問答ノ為メニ問答ヲスルノハ議論ノ為ニ議論ヲスルノト同ジク酔狂ノ沙汰ナリ。禅坊主ニハ此癖アリト見ユ。愚ナル問答ヲナスヨリアクビヲ一ツスル方ガ心持ヨキモノナリ。*2」

まさしく爺さんの態度は「アクビヲ一ツスル」ものといえるだろう。

このように考えてくると、爺さんを禅的覚者とするのはためらわれる。覚者としてもより自由な世界に生きる覚者、老荘的世界に生きる道士として見たほうが、爺さんの本体に近いのかも知れない。

## 老荘的なもの

爺さんは白い髭の持ち主であるにもかかわらず、顔はつやつやとしているという。生まれながらにして老人の如くだったという老子を思い出させる。ここでは「臍の奥」はむしろ老荘的と解釈すべきかもしれない。老子に「谷神ハ死セズ。是ヲ玄牝ト謂フ。玄牝ノ門是ヲ天地ノ根ト謂フ。綿綿トシテ存スルガゴトシ」とある。谷神とは「虚ニシテ無象、能ク万物ヲ容レテ窮ラザルモノヲ云フ」ものだが、女性的原理と考えれば判り易い。「玄牝の門」とは「万物ガ因リテ出ル本」という。とすれば「臍の奥」とは子宮のことと読みとける。

「臍の奥」とは臍下丹田のことといえるが、これは老荘のながれを汲む道教にもあり、この爺さんの場合やはり笹渕友一のいうように道士、老子的思想を不死不老の術として世俗的に実践する行為者、道士というべきだろう。[*3] 爺さんは腰に瓢簞をぶら下げ、「肩から四角な箱を腋の下へ釣るしてゐる。浅黄の股引を穿いて、浅黄の袖無しを着てゐる。足袋丈が黄色い。何だか皮で作つた足袋の様に見えた」。黄色は道士の服飾の色のようだ。ただ問題は漱石が実際の中国の道士というものを見たことがあるかどうか。手元の周錫保の『中国古代服飾史』[*4]に道士の単色の図版があるが、それとくらべても随分と違う。『彼岸過迄』では敬太郎が江戸時代の浅草をよく知っていた祖父から聞いた話として奇矯な大道芸人の話、あるいは蔵の中で草双紙の絵によってふくらました想像の浅草について語っている。おそらく漱石は少年時にその敬太郎のように想像の中に浮かべた道士的恰好の大道芸人の思い出をここでよみがえらせているのではないだろうか。

この奇矯な飄々たる人物はいうまでもなく子供の自分を魅了するに足りた。なにかしら不思議な魅力にひかれて爺さんの後について自分も其処を出る。ここで場面が変わる。

## 爺さんの変貌

爺さんはこうして香具師《やし》に変貌する。その口上は大道で客寄せをはかる蝦蟇の油売りのような香具師の口上といってよい。いかにもすぐに出来そうな言葉をつらねながらしかし最後のところは伏せられて、また元へ戻り、決して口上の目的に達することはない。そこで客は立去ろうにも立去れないで其処にたたずんでいることになる。それも単に最後のいわば種明かしに惹かれてだけではない。口上の巧みさ、仕草の面白さ、テンポの流暢さがそれを支えているといえる。

爺さんの香具師的魅力は、風体の奇矯なことに加えて、仕草のもっともらしいこと、それが子供の自分の目によってしっかり捉えられている。爺さんは手ぬぐいを観世よりのようにねじる。それを地面の真ん中において、そのまわりに大きな丸い円を描く。肩にかけた箱のなかから真鍮の飴屋の笛を取り出し、ふきながら回る。

円は魔術ではよく使われる、魔術の行なわれる世界をいわば日常からきりはなす魔術の第一歩といえるだろう。『チェリーニ自伝』のなかのローマのコロッセオのなかでおこなわれた魔法円がよく知られている。ねじられた手拭がなにかしらすでに生きて動き出すかのように爺さんの仕草で示される。この点漱石の描写力は素晴らしい。香具師的といったが、しかし、香具師とは根本的な相違がある。それは香具師はがまの油売りのように、なにかを売ることが彼らの狙いであって、そのための口上の羅列だが、爺さんの場合にはそれがない。従ってなんのためにそのような行為をするのかが問題となるだろう。手ぬぐいを蛇に変えるという行為の目的は何か。なぜ手ぬぐいであり蛇なのか。これを単に子供を集めるための方便と考えることも出来る。



## なぜ蛇か

ハーメルンの笛吹は復讐の為子供たちを連れ去った。あるいはものを蛇に変える事で神の威光を誇示することが目的の場合もある。旧約聖書「出エジプト記」第七章でモーゼの兄アロンがエジプトの王パロや奴隷達の前に杖を投げて蛇に変えて見せたのはそういうことだった。また文学の世界では、ダンテの『神曲』にヴィルギリュウスが帯を投げて蛇に変え、その巨大な蛇の背に乗って地獄の一つを移動するというのが出てくる。それらはいずれもなにか目的を持っている。この場合はどうか。

「臍の奥」が一つのメタファーだとすると、手ぬぐいとか蛇は何のメタファーなのだろうか。またその魔術をなぜ子供に見せる必要があったのか。『永日小品』に「蛇」という短編がある。『夢十夜』との関連でいえば第三夜と共通する不気味さを湛えた短編である。語り手が雨の降りしきる中を叔父さんとふたりで網をもって、濁流渦巻く夜の川に行く。濁流のなかを流されてくる魚をとろうと叔父さんが網を仕掛ける。そのとき細長いものがかかった。語り手は鰻かと思う。しかし叔父さんはそれを振り払う。振り払われたものは対岸に飛んでキット鎌首をもたげる。そのとき「覚えてゐろ」という声がしたというのだ。語り手は今のこえは叔父さんの声ですかときくが、叔父さんはわからないと青い顔で応えたとある。語りのなかに蛇という言葉はない。タイトルに使われているだけだ。ここでの蛇は一種魔力をもったもののように描かれている。また一般的にも『雨月物語』あるいは『道成寺』の蛇も同じような魔性をもつものとして現れる。漱石全集の第二十八巻「総索引」で蛇の項目は大変多いが、大体はまがまがしい意味をもつが、しかしかならずしもそうとはいえないので、『彼岸過迄』には蛇の頭をもったステッキが登場し、敬太郎はそれを倒して、その頭の指す方向をとる。この小説ではこの蛇の頭のステッキが重要な役割を担う。いずれにせよ、蛇は人間の力をこえたものとして表象されている。そこに手ぬぐいを蛇に変えるという爺さんのパフォーマンスの根拠はありそうだ。いわば、そのような魔力ある存在をも、爺さんは自分の道力の支配のもとに置いているという、その道力の顕示ということだ。

爺さんはそのあと、蛇を箱の中にいれ、「かうして置くと、箱の中で蛇になる。今に見せてやる。

今に見せてやる」と云いながら、真直に歩き出す。自分はついてゆく。川岸に出る。橋も舟もないから、ここで休んで箱のなかの蛇を見せてくれるかと思うが、爺さんはざぶざぶ入りだし、ついに見えなくなるが、爺さんは「深くなる、夜になる、真直になる」と唄いながら波間に没してゆく。自分はなおも向こう岸に上がって、蛇をみせるだろうという期待をもって、「葦の鳴る所に立つて、たつた一人何時迄も待つてゐた。けれども爺さんは、とう〱上がつて来なかつた」。

勿論ほかのこどもたちは去ってしまっているのだろう。自分だけはなおその信をまもりながらまっている。その心境は「葦の鳴る」音の中にこめられているだろう。

## 『抱朴子』に見る爺さんの仙術

葛洪（二八三―三四三）の『抱朴子』のなかに爺さんのヒントがありそうだ。これは福永光司によれば、魏伯陽という人の『周易参同契』という錬金術理論書を受け継ぎ、「広く戦国以来の神仙方術の思想信仰、科学技術を整理解説して、道教の神学教理ないし思想哲学の基礎を確立した」ものだという。[*5] さてこのなかで仙術の書物は尤もらしいが嘘ばかり、と難詰する人にたいして抱朴子はいう。

「お説のようだと効験《ききめ》がないはず。今、そのなかの小さい術を試みると、すべて験《げん》がある。私はたびたび、鏡で月の水を取ったり、凹面鏡で太陽から火を取ったり、体を隠して見えなくなったり、姿を変えて別の物になったり、手巾を結んで地に投げるとそれが兎のように走ったり、針で赤い帯をかがるとそれが蛇のように匍ったり、瓜を見る見るうちに実の、水盤の中に龍を現わしてそれが潮を吹いたりする術をみたことがある。すべて書物に説いている通り。[*6]」これからすれば、第四夜の夢での手拭を蛇に変える術は、抱朴子のいう仙術の小さい術ということになるだろう。抱朴子によれば仙術の肝要な術は、房中術、呼吸法、金丹（一種の偉大な薬）の三つだという。第四夜の夢に最も関係が深いのは、このうちの呼吸法だろう。爺さんの水中に没してゆく怪異を理解するために、それがいかなるものかを見てみよう。

「気をめぐらす術は、之でもって万病を治し得るし、疫病の流行っている土地にも入りこめる。蛇や虎を調伏することもでき、傷口の血を止めることもできる。これで水の中にじっとしていることもできるし、水の上を歩くこともできる。飢えや渇きを止めることもできれば、寿命を延ばすこともできる。その大要は胎息（胎児の呼吸の意）に尽きる。胎息の要領を悟れば、鼻や口を使わないで呼吸できる。子が胎中における時と同じように呼吸できるようになれば完成である。[*7]」

呼吸法についての叙述はさらに続き、その習得の方法、あるいは更なる効能が語られるが、以上の引用で爺さんの息の吐き方、そして水中に姿を没したことの説明は十分だろうと思う。ただここでも問題は漱石が『抱朴子』のような道教の本をよんでいたかどうかだが、恐らく読んではいなかったのではないか。蔵書には道教関係の本は見当たらないようだ。ただこの奇妙な爺さんの言動はこのような道教的光を当ててみることで明らかになることは確かだろうと思う。

ところで通常ならば、爺さんの行方に自分の関心はむかうのだろうが、ここでは自分はひたすら、蛇を待っている。なにかしら尾生の信を思わせる結末だが、ここでは爺さんが姿を消すことが、尾生が恋人をまって水の中にしずんでゆくのとは立場が逆になっている。

ここでも待つということがキー・ワードとなっているといっていいだろう。自分が待つのは結局なんらかの得体の知れない超自然的現象だが、自分はその実現を疑うことなく待っている。そこにはいかにも子供らしい信がある。一方爺さんにも信がある。爺さんには真直ぐ行くことへの信がある。自分はその信にひとりひきつけられて、爺さんの川の中に沈んでゆくのを見届けるのだが、彼は結局手拭が蛇になるという、その成就を見ることなしに、たったひとりで置かれることになる。

## 満たされなかった好奇心

この夢は第六夜と共通するものをもつ。第六夜では運慶が衆人環視のなかで、仁王像を彫る。運慶は世界に存在するのは我と仁王のみという完全に自分の芸術創造の世界に没頭している。第四夜でも爺さんは自分のパフォーマンスに集中していて、まっしぐらである。ただ手拭を蛇に変えるという行為でもって子供を引き付けるという点は異なる。とにかく、この香具師めいた行為は自分を惹きつけて、爺さんの行う最終的な驚異をみせることにあったのだろうか。爺さんは川のなかに進んでゆき、「深くなる、夜になる、真直になる」と繰り返す。「深くなる」「夜になる」はわかるが、「真直になる」はわからない。「真直ゆく」ならわかる。したがって、ここではいわば世界がまっすぐになるとでも考えるしかないだろう。このことは、爺さんが臍の奥に還帰することを意味しよう。まつすぐの世界とは、不死の世界、永遠の生の世界。このようにやすやすと、確信をもってそういう世界に入ってゆく爺さんに子供の自分は目を見張るが、しかし手拭いは蛇にはならなかった。彼の好奇心は結局ますます刺激されこそすれ、癒されることはなかったのだ。このことは深い意味をもつのではないだろうか。

好奇心は『夢十夜』を貫く、じつは隠れた主人公の衝動になっている。それがもっとも鮮やかに出ているのが第八夜で床屋の椅子に括り付けられて、発動される好奇心だが、この夢でも好奇心は少年の自分をひっぱって川のほとりに至らせるのだ。夢はそこで終わる。これまでみてきたように、『夢十夜』では結語が、夢の語りにおいて夢の感触という観点から極めて重要なのだが、ここでもまた、満たされない好奇心と、無限の寂しさという感触で終わる。不思議なことに爺さんの水没よりは、満たされなかったという事の方が子供にとっては重大だった。

「第八夜」で漱石は面白いことを書いている。

「豆腐屋が喇叭を吹いて通つた。喇叭を口へ宛がつてゐるんで、頬ぺたが蜂に螫された様に膨れてゐた。膨れたまんまで通り越したものだから、気掛りで堪らない。生涯蜂に螫されてゐる様に思ふ。」

第八夜は好奇心のドラマともいえるが、そのドラマの一つの頂点がこの部分だろう。一旦膨れ上がった好奇心は、そのまま満たされないままで終わると生涯それは持続される。この好奇心の異常な持続こそこの第四夜の感触にほかならない。それは第八夜の好奇心の発動に比して、遥かに原初的であり、はるかに根源的な欲求に根差した好奇心といえる。少年という、純朴でみずみずしい感性に働きかける未知の超自然現象への好奇の念は、結局漱石生涯のものではないか。好奇心の最高の表現とは、永世がありやなしかの問題ではないか。この夢ではそのような問題が仕掛けられている。第二夜では無は現成しないかに思われているが、しかしそのような絶対探求についての持続的な意思がここでは示されているともいえよう。しかしこれは孤独な作業であるに違いない。結語の「たったひとりで立っていた。」はそれを暗示するものではないだろうか。

＊1　白隠禅師「遠羅天釜」（山田孝道編纂『禅門法語集』光融館、明治二八年一二月）五八一—五八二頁
＊2　『漱石全集』第二七巻四二一頁
＊3　笹渕友一『夏目漱石論——「夢十夜」論ほか——』（明治書院、昭和六一年二月）七六頁
＊4　周錫保著、中国演劇出版社一九八四、三二七頁
＊5　福永光司『道教と日本思想』（徳間書院、一九八五年四月）二三八—二三九頁
＊6　葛洪、本田済訳注『抱朴子　内篇』（東洋文庫五一二、平凡社、一九九〇年一月）五七頁
＊7　＊6に同じ、一五五頁

# 第五夜

## 夢という自在な時空

青木繁「日本武尊」明39

# 第五夜

こんな夢を見た。

何でも余程古い事で、神代に近い昔と思はれるが、自分が軍をして運悪く敗北た為に、生擒になつて、敵の大将の前に引き据ゑられた。

其の頃の人はみんな背が高かつた。さうして、みんな長い髯を生やしてゐた。革の帯を締めて、それへ棒の様な剣を釣るしてゐた。弓は藤蔓の太いのを其の儘用ひた様に見えた。漆も塗つてなければ磨きも掛けてない。極めて素樸なものであつた。

敵の大将は、弓の真中を右の手で握つて、其弓を草の上へ突いて、酒甕を伏せた様なものゝ上に腰を掛けてゐた。其顔を見ると、鼻の上で、左右の眉が太く接続つてゐる。其頃髪剃と云ふものは無論なかつた。

自分は虜だから、腰を掛ける訳に行かない。草の上に胡坐をかいてゐた。足には大きな藁沓を穿いてゐた。此の時代の藁沓は深いものであつた。立つと膝頭迄来た。其の端の所は藁を少し編残して、房の様に下げて、歩くとばら〳〵動く様にして、飾りとしてゐた。

大将は篝火で自分の顔を見て、死ぬか生きるかと聞いた。是れは其の頃の習慣で、捕虜にはだれでも一応はかう聞いたものである。生きると答へると降参した意味で、死ぬと云ふと屈服しないと云ふ事になる。自分は一言死ぬと答へた。大将は草の上に突いてゐた弓を向ふへ抛げて、腰に釣るした棒の様な剣をするりと抜き掛けた。それへ風に靡いた篝火が横から吹きつけた。自分は右の手を楓の様に開いて、掌を大将の方へ向けて、眼の上へ差し上げた。待てと云ふ相図である。大将は太い剣をかちやりと鞘に収めた。

其の頃でも恋はあつた。自分は死ぬ前に一目思ふ女に逢ひたいと云つた。大将は夜が明けて鶏が鳴く迄なら待つと云つた。鶏が鳴く迄に女を此所へ呼ばなければならない。鶏が鳴いても女が来なければ、自分は逢はずに殺されて仕舞ふ。

大将は腰を掛けた儘、篝火を眺めてゐる。自分は大きな藁沓を組み合はした儘、草の上で女を待つてゐる。夜は段々更ける。

時々篝火が崩れる音がする。崩れる度に狼狽た様に焰が大将になだれかゝる。真黒な眉の下で、大将の眼がぴかぴかと光つてゐる。すると誰やら来て、新しい枝を沢山火の中へ抛げ込んで行く。しばらくすると、火がぱちぱちと鳴る。暗闇を弾き返す様な勇ましい音であつた。

此の時女は、裏の楢の木に繋いである、白い馬を引き出した。鬣を三度撫でゝ高い脊にひらりと飛び乗つた。鞍もない鐙もない裸馬であつた。長く白い足で、太腹を蹴ると、馬は一散に駆け出した。誰かゞ篝りを継ぎ足したので、遠くの空が薄明るく見える。馬は此の明るいものを目懸て闇の中を飛んで来る。鼻から火の柱の様な息を二本出して飛んで来る。それでも女は細い足でしきりなしに馬の腹を蹴てゐる。馬は蹄の音が宙で鳴る程早く飛んで来る。女の髪は吹流しの様に闇の中に尾を曳いた。それでもまだ篝のある所迄来られない。

　すると真闇な道の傍で、忽ちこけつこうと云ふ鶏の声がした。女は身を空様に、両手に握つた手綱をうんと控へた。馬は前足の蹄を堅い岩の上に発矢と刻み込んだ。

　こけつこうと鶏がまた一声鳴いた。

　女はあつと云つて、緊めた手綱を一度に緩めた。馬は諸膝を折る。乗つた人と共に真向に前へのめつた。岩の下は深い淵であつた。

　蹄の跡はいまだに岩の上に残つて居る。鶏の鳴く真似をしたものは天探女である。此の蹄の痕の岩に刻みつけられてゐる間、天探女は自分の敵である。

## 輪郭明瞭な古代

一種ルオー的厚塗りの油絵である。古代に取材したことが、全体として重厚な雰囲気をかもす。単に暗いというのではない。炎が燃え、そこに浮かび出る人間も炎に照らされて輝いている。篝火に明るく照らし出された闇の中での死。篝火が生とすれば闇は死といえよう。そこに近代におけるようなためらいは無い。信念に生き、信念に死ぬ。自分は敗北した。死を前にして自分は一目女に会いたいという。それを大将は一つの条件のもとに許す。鶏が鳴くまで待つという条件である。女は白い馬に乗って飛んでくる。

「すると真闇な道の傍で、忽ちこけつこうと云ふ鶏の声がした。女は身を空様に、両手に握つた手綱をうんと控えた。馬は前足の蹄を堅い岩の上に発矢《はつし》と刻み込んだ。

こけこつこうと鶏がまた一声鳴いた。

女はあつと云って、締めた手綱を一度に緩めた。馬は諸膝を折る。乗った人と共に真向にへのめった。岩の下は深い淵であった。鶏の真似をしたのは天探女である。此の蹄の痕の岩に刻みつけられてゐる間、天探女は自分の敵である。」

第五夜はこの言葉で終わる。このような終わり方をした夢はほかにはない。このようなとは、つまり一種の恨みの表出で終わるということだ。言い換えると、語り手の夢の内容についての感情が表現されているという事だ。しかもその感情は永遠に消えない恨みというものだ。永遠に消えない恨みとは、なんとも恐ろしい恨みではないか。天探女の一瞬のいたずらが永遠の恨みとなる。ここに人間の生のなんとも危うい存在性が開示されているのだが、ところで、この最後の恨みの言葉はいったい誰によって言われたものなのだろうか。そう考えてみると、この夢の語りの不可解な構造が浮かび上がってくる。

## 語りの視点の謎

ここでは語り手は大将に処刑の即時遂行を求めるまでは自分だが、しかしその次に来るのはいきなり女の行為になる。しかも語り手はそれらをいわば俯瞰的に見て語る。さらに鶏を真似て女を深渕におとしたものを天探女と類推してそれに恨みを以って総括する。この語り手は一体誰か。それがこの古代的情景の中で死を前にして女を待ち、女と最後の別れをなしたあと潔く死のうという自分ではありえない。いうまでもなく、この自分は大将の前に草の上に座って大将と対峙しているからには、彼の視点から以上の語りはできないからだ。とすれば視点は最初の自分の視点から離れて、いわば夢の空間の中にさまよい出た自分としか考えられないだろう。さまよいでた自分、それは永遠の恨みを持ち続ける自分だ。ここでその自分は女が来なかったため大将の手で処刑された自分と考えることはあまり意味がないだろう。この夢はそのような現実的な時間空間の整序はもってはいない。なにしろ自分が置かれているのは古代的時間空間だ。裸馬に飛び乗って疾走してくる女にとっても同じで、夜は一番鶏の鳴くまでという古代的時間であり、その疾走してゆく空間は闇だ。だからこそ時間を狂わせたのも天探女だし、空間にしても暗黒を疾走してくるわけで、それは峩々たる岩山の尾根のような峻嶮かもしれない。岩の下の深い淵に墜ちてゆくのも女の疾走するのが、古代的空間だからだ。目標は篝の火であり、その火は、二つとない永訣の瞬間を照らす火でもある。

その永訣の瞬間にむかっての一心不乱、それはいうまでもなく女の激しい愛の情念だ。そこには万葉の女流歌人狭野茅上娘子が「君が行く道のながてを繰《く》り畳《たた》ね焼きほろぼさむ天《あめ》の火もがも」（巻一五・三七二四）と歌った、古代の淳乎たる愛の世界がある。永訣の瞬間における最後の逢瀬はその完成であり、成就である。しかしそれが一瞬の悪意かあるいは悪戯からか奪われた。自分の恨みもそれに応じて激しい。激しい感情はそれ自体女の飛翔のように飛翔する。そしてそれは世界を怒りの目で見させるだろう。さまよう視点とはそのような怒りの発現に他ならないだろう。

## 闇と光のコントラスト

今この夢の絵画性を見てみると、闇と光のコントラストが実によくつかわれていることが判る。闇の中の篝火は実に瞑想的だ。死と愛とがこの瞬間のなかで激しい屈折をなして鬩《せめ》ぎ合う象徴のようだ。闇が死だとすると、篝火は生命のシンボルだ。それは自分の未来を照らす希望のシンボルだ。大将が

「棒の様な剣をするりと抜き掛けた。それへ風に靡いた篝火が横から吹きつけた」生命の炎が死を牽制する。「時々篝火が崩れる音がする。崩れる度に狼狽《うろたへ》た様に焔が大将になだれかゝる」。「篝火が崩れる音」とは時間の経過を示すとともに、希望の遠ざかることを示す。「真黒な眉の下で、大将の目がぴか〳〵光」るのはいわば決断のときを待つ大将の緊張を示していよう。しかし往時の人々は愛には寛大であり、また共感的だったのだろう。篝火に枝が投げ込まれ、「しばらくすると、火がぱち〳〵と鳴る。暗闇を弾き返す様な勇ましい音であった」。自分のこころのうちでは、女の来るのを信じてはいるものの、待つということはどうしてもそこに疑心を伴うものだろう。しかし篝火の新たな炎上はその疑心を打ち消すに十分なものだったに違いない。この生命のシンボルともいうべき篝火は一方で女に方向をしめすものでもあった。女には一瞬のためらいもない。裸馬に飛び乗る。裸馬は愛欲というものの虚飾をもたない純一なかたちといってよい。宙をとぶごときまっしぐらな疾走も一切をそこにかけた情念の純一を示す。

## 最後の逢瀬という永遠の時

それにしても、なぜ人間は愛するものの死に際して、会いたいと願うのか。それまで時間は流れていた。死によって臨終の瞬間は人間の生涯を通じて初めて永遠化されるからではないか。最後の一瞥、それはそれまでの流れる時間の中に浮かんだ、いわば相対化される一瞥ではなく、絶対的な一瞥、そして死という淵に臨んだ、目くるめく地点から発せられた最後のひとこと、その時の瞳の中に見送る人間が見るのは、いわば裸形の魂の告白ともいうべきものなのだ。その告白は死に行く者の純粋なる愛の告白になるに違いない。そのような意味において、死に行く愛人の最後の一瞥、最後のひとことくらい、見送る人の魂に深く刻印されるものはないだろう。愛の永遠性がそこに確かめられることになる。人間は死という限定によって始めて永遠の息吹に触れることになるのだ。ふたりの愛はそこで永遠に化すといってもいいのだ。しかし天探女の戯れがそれを永久に不可能にした。岩に刻まれた蹄のあとはその不可能の永遠の象徴である。ここにおいて第五夜が実存的に深い意味を与えられた作品だということが理解されるだろう。

深く愛し合う同士が、死の間際に会うということは、その愛の締めくくりとして、死に行くもの、死者を見送るもの双方にとって、極めて重要なことだが、その最後の締めくくりが不可能になった話は西欧文学でもいろいろ見られる話で、トリスタンとイズーの結末など、よく知られている。イズーが瀕死のトリスタンに船に乗って会いに来る。白い帆ならばイズーが来たという徴、黒い帆ならば来ないという徴になっている。妻の白い手のイズーは、船が白い帆であることを認めるが、夫のトリスタンには、沖に現れた船の帆は黒と偽ったため、トリスタンは絶望し、死ぬ。やがて上陸してきたイズーはトリスタンの傍らに寄り添って死ぬ。この白い手のイズーの行為などいわば二人の愛の完成をねたむ天邪鬼的な行為といえるかと思う。

世の中このような天邪鬼的行為は愛の問題にかぎらず至る所にあるだろう。問題は天邪鬼の行為の、一見した軽さと、その結果の恐るべき重大さといったものだ。しかも、さらに問題なのは、天邪鬼的存在を自己のうちに持つという場合だ。

## 内なる天邪鬼

人間が自己のうちに天邪鬼を持つ。エドガー・ポーはその問題を「裏切る心臓 The Tell-Tale Heart」という短編に描いた。これは主人公が犯した罪を外ならず、自分の心臓が暴いてしまうという話だ。ポーには「天邪鬼 The Imp of the Perverse」というのもある。人間にはこのような自己に反逆するもう一人の自分がある。ただそのような自分というものは、必ずしも意識されているとは限らない。『三四郎』の美禰子は無意識的偽善者と呼ばれているが、その場合などそれに該当する。その場合、真の自己を裏切る第二の自己は無意識のなかに覆われている。そしてこの問題は『それから』において中心的主題として大きく発展させられてゆくわけだが、ここでなぜそのような問題が『夢十夜』のあとの小説群において問題になるかが、実は第五夜の夢に仕掛けられているのではないかと思う。

愛の問題において、いわば天邪鬼の役割を果たすものは、周囲の雑音というものではないだろうか。いま『虞美人草』を例にとってみるならば、これを藤尾の視点から見た場合、彼女の愛の悲劇をつくるものは彼女の虚栄や驕慢さだけによるものではないだろう。小野さんが簡単に藤尾から小夜子にその愛を移すと云う事は彼女の眼からすればまさしく天邪鬼的周囲の雑音によるものなのだ。藤尾の自殺は、いわば一種の憤死ともいうべきものではないだろうか。この作品は実に奇妙な作品なのだ。藤尾の死の描写のなんと美しいことか。そしてその死にたいして甲野さんのなんと冷ややかなことか。ここにこの作品の奇妙な割れ目があり、そこに覗くのは藤尾の怒りだ。その怒りは、第五夜の岩角に残された蹄の痕にこもる恨みに通底する。こう考えて見れば、この夢は漱石の藤尾を悼み、またそれを救えなかった自己への密かな糾弾とも読める。『夢十夜』のあと、『三四郎』から始まる一連の愛の問題を手掛けるのはそのためだ。

## 夢の色調

この夢の色調は『夢十夜』のなかでもっとも重厚なものだ。人間も古代らしく肉太の剛直な線で描かれている。いかにも古代の持つ強い生命感がみなぎり溢れている。その激しく妥協のない人間的行為の感触には青木繁の絵と共通するものがあるといっていい。その絵「日本武尊」（明治三九年）に描かれた武人はまさにこの夢の敵の大将のイメージと重なるといってもよいだろう。ただ漱石がこの絵を見たかどうかはわからない。明治四十年の「わだつみのいろこのみや」には強い共感の情を示している。『それから』では代助はダヌンチオのような刺激を受けやすいひとが、なぜ「奮興色とも見做し得べきほど強烈な赤の必要があるだらうと不思議に感じた」といって、青木の絵につぎのように共感を示している。

「出来得るならば、自分の頭丈でも可いから、緑のなかに漂はして安らかに眠りたい位である。いつかの展覧会に青木と云ふ人が海の底に立つてゐる脊の高い女を画いた。代助は多くの出品のうちで、あれ丈が好い気持に出来てゐると思つた。つまり、自分もああ云ふ沈んだ落ち付いた情調に居りたかつたからである。」[*1]いかにも「水底の歌」の作者らしい共感といえるだろう。ただここから漱石が青木の神話に取材した他の絵を見たかどうか、先にも触れたようにわからない。ただこの第五夜の夢において漱石が古代という時代に材をとったということのひとつの動機は青木の絵のなかにもとめることは可能だろうと思う。

またこれは後年だが、漱石は青木の遺作展を見て、非常な賛美を送っている。青木は日本の神話を絵画にしたのみならず、旧約聖書の挿絵も手掛けている。なにかしらターナーを思わせる画風で、神話的世界の幻想をみごとに表現した。青木の世界とこの夢との重なり合いに着目した研究者に山田晃がいる。[*2]

## 古代への憧憬

一方、笹渕友一はフローベールの『サランボー』にたいする漱石の賞賛の言葉を、小宮豊隆宛て書簡や、英訳『サランボー』の書き込みによって紹介しながら、第五夜の前半がその小説の Eryx 戦記念の祝宴の場面の冒頭の部分に示唆をうけていると見ている。[*3]

「敵の大将は、『酒甕を伏せた様なもの、上に腰を掛けてゐ』るが、『サランボー』の祝宴の庭にはギリシャのワインが入った皮嚢、カムパニ・ワインの甕、カンタブル・ワインの樽などが飲むに任されている。そして大勢の、人種の違った人間が群がっている。そういう情景の中から余計な人物を消して単純化された勝者と敗者とが相対する場面だと考えれば、敵の大将が『酒甕を伏せた様なもの、上に腰を掛けてゐ』るのも自然である。」

『サランボー』はフローベールが『ボヴァリー夫人』の筆禍事件のあと、題材を第一次ポエニ戦役（前二六四―前二四一）後カルタゴを襲った傭兵の反乱にとった、古代再現の小説だ。ポリュビオスの『総史』を踏まえ、いわば考古学的に当時を再建しようとした驚くべき作品だ。漱石もその点について「サランボーは単ニ天才ノ作ニアラズ。非常ナル歴史的研究ノ努力ヲ待ツテナル。」と述べている。そこでは人間の残酷さが無比の冷静さを以て描かれている。サント・ブーヴはこの小説を厳しく批判し、特に残酷場面をサディスティックと批評した。ただ実際にこの傭兵の反乱をめぐる戦乱はポリュビオスもその叙述の結末に「これはわたしが今まで話にきいた戦争のうちで、もっとも恐ろしく、もっとも不徳な戦争であった。」（田辺貞之助訳）と記している。[*4]

漱石も上に紹介した書き込みに加えるに「weird（無気味な）」と評している。ただ第五夜と『サランボー』のかかわりをいうならば、このフローベールの小説もまた情熱恋愛を中心的主題に持つという点ではなかろうか。それは傭兵の反乱軍を指揮するリビア人マトーとカルタゴの指揮官ハミルカルの娘サランボーの、敵味方に引き裂かれた恋である。この小説の結末は、捕虜になり、悲惨な刑によって殺されるマトーの死を知ってそのまま息絶えるサランボーの死によって終わるのだ。情熱恋愛というものは、宿命的に結び付けられた愛が、それを引き裂く運命に最後は抗して、愛するもの同士が同じ場所、同じ時間における死を選び取るものとすれば、これはまさしく情熱恋愛に他ならない。漱石が見たのは、クレオパトラとアントニーの情熱恋愛より、より古代的な、従ってより直情径行的な情熱恋愛だったといえる。決意はそのまま実行になる。

さてこの第五夜における人物はそのような古代性を以て描かれているといえよう。従って、男のもとに裸馬を飛ばして駆け付ける女も古代的女性だ。これを北欧神話のワルキューレと考える研究者もいる。漱石は『それから』の七の四のなかでワルキューレを代助の描かせた絵のなかで登場させている。ワルキューレは北欧神話の女神で名誉ある死者の霊をヴァルハラに導くという。代助の発案した絵は、雲の峰大の裸身の巨大な女神の群れが乱舞するというものだった。代助には古代趣味があるのだろうか、犬にもホメロス『イリアス』の主人公ヘクトルの名前を与えている。第五夜のこの夢も又そのような古代趣味の表現である。『それから』の代助がこのような趣味を持っていることは面白い。近代的精神の持ち主が、それとは全く正反対な直情的情念の支配する時代に関心を持つということだが、考えて見れば漱石と古代的なるもののかかわりはこの夢から始まったものではない。『老子の哲学』、『草枕』における万葉集の引用、それも日本古代における情熱恋愛ともいうべき和歌の引用なのだ。さらに『幻影の盾』はまさに古代的な情熱恋愛といえるのだ。

こう考えてくると、第五夜はそれ以前の漱石の心に温めて来た古代的愛の情念を凝縮して描きつつ、その愛を妨げるものへの永遠の憎しみを岩の蹄の痕に刻み付けることによって、愛の問題を極めて象徴的な形の中にまとめて見せたものといえるのではないか。そしてこの問題はこの後に来る小説群の中に現代化された形で描かれることになる。

＊1　『漱石全集』第六巻六八頁
＊2　山田晃『夢十夜参究』一一七頁
＊3　笹渕友一　前掲書『夏目漱石論――「夢十夜」論ほか――』（明治書院、昭和六一年二月）九二頁
＊4　ポリュビオス、田辺貞之助訳「総史」（『フローベール全集』2、筑摩書房、一九六六年一月）三三七頁

# 第六夜

## 木の中に埋まっている仁王像

ミケランジェロ　奴隷　一五二七〜二八

# 第六夜

運慶が護国寺の山門で仁王を刻んでゐると云ふ評判だから、散歩ながら行つて見ると、自分より先にもう大勢集まつて、しきりに下馬評をやつてゐた。

山門の前五六間の所には、大きな赤松があつて、其幹が斜めに山門の甍を隠して、遠い青空迄伸びて居る。松の緑と朱塗の門が互ひに照り合つて美事に見える。其の上松の位地が好い。門の左の端を眼障にならない様に、斜に切つて行つて、上になる程幅を広く屋根迄突出してゐるのが何となく古風である。鎌倉時代とも思はれる。

所が見て居るものは、みんな自分と同じく、明治の人間である。其の中でも車夫が一番多い。辻待をして退屈だから立つてゐるに相違ない。

「大きなもんだなあ」と云つてゐる。

「人間を拵へるよりも余つ程骨が折れるだらう」とも云つてゐる。

さうかと思ふと、「へえ仁王だね。今でも仁王を彫るのかね。へえさうかね。私や又仁王はみんな古いのばかりかと思つていた」と云つた男がある。

「どうも強さうですね。なんだつてえますぜ。昔から誰が強いつて、仁王程強い人あ無いつて云ひますぜ。何でも日本武尊よりも強いんだつてえからね」と話しかけた男もある。

此男は尻を端折つて、帽子を被らずにゐた。余程無教育な男と見える。

運慶は見物人の評判には委細頓着なく鑿と槌を動かしてゐる。一向振り向きもしない。高い所に乗つて、仁王の顔の辺りをしきりと彫り抜いて行く。

運慶は頭に小さい烏帽子の様なものを乗せて、素袍だか何だか判らない大きな袖を背中で括つてゐる。其の様子が如何にも古くさい。わい〳〵云つてゐる見物人とは丸で釣り合が取れない様である。自分はどうして今時分迄運慶が生きてゐるのかなと思つた。どうも不思議な事があるものだと考へながら、矢張り立つて見てゐた。

然し運慶の方では不思議とも奇体とも頓と感じ得ない様子で一生懸命に彫つてゐる。仰向いて此の態度を眺めて居た一人の若い男が、自分の方を振り向いて、

「流石は運慶だな。眼中に我々なしだ。天下の英雄はたゞ仁王と我とあるのみと云ふ態度だ。天晴れだ」と云つて賞め出した。

自分は此の言葉を面白いと思つた。それで一寸若い男の方を見ると、若い男は、すかさず、

「あの鑿と槌の使ひ方を見給へ。大自在の妙境に達してゐる」と云つた。

運慶は今太い眉を一寸の高さに横へ彫り抜いて、鑿の歯を竪に返すや否や斜すに、上から槌を打ち下した。堅い木を一と刻みに削つて、厚い木屑が槌の声に応じて飛んだと思つたら、小鼻のおつ開いた怒り鼻の側面が忽ち浮き上がつて来た。其刀の入れ方が如何にも無遠慮であつた。さうして少しも疑念を挟んで居らん様に見えた。

「能くあゝ無造作に鑿を使つて、思ふ様な眉や鼻が出来るものだな」と自分はあんまり感心したから独言の様に言つた。するとさつきの若い男が、

「なに、あれは眉や鼻を鑿で作るんぢやない。あの通り眉や鼻が木の中に埋つてゐるのを、鑿と槌の力で掘り出す迄だ。丸で土の中から石を掘り出す様なものだから決して間違ふ筈はない」と云つた。

自分は此の時始めて彫刻とはそんなものかと思ひ出した。果してさうなら誰にでも出来る事だと思ひ出した。それで急に自分も仁王が彫つて見たくなつたから見物をやめて早速家へ帰つた。

道具箱から鑿と金槌を持ち出して、裏へ出て見ると、先達ての暴風で倒れた樫を、薪にする積りで、木挽に挽かせた手頃な奴が、沢山積んであつた。

自分は一番大きいのを撰んで、勢ひよく彫り始めて見たが、不幸にして、仁王は見当らなかつた。其の次のにも運悪く掘り当る事が出来なかつた。三番目のにも仁王は居なかつた。自分は積んである薪を片つ端から彫つて見たが、どれもこれも仁王を蔵してゐるのはなかつた。遂に明治の木には到底仁王は埋つてゐないものだと悟つた。それで運慶が今日迄生きてゐる理由も略解つた。

## 運慶の生きている理由を求めて

これは夢としては割合単純なものだ。それに十の夢のなかでも、もっとも夢らしからぬ語りといっていいだろう。まず運慶が護国寺で仁王を彫っているという評判の紹介から始まって、実際そこに出かけてゆき、運慶の彫っている様、またそれを眺めるひとびとの描写、それにつけても古めかしい運慶が何故今時分までいきているかという疑問に捉えられる。そこに若い男が登場し、自分のほうを振り向き運慶をほめ出す。自分が運慶の彫る業の見事さについて思わずつぶやくと、若い男は「あれは眉や鼻を鑿で作るんぢやない。あの通りの眉や鼻が木の中に埋まつてゐるのを、鑿と槌の力で掘り出す迄だ」という。そこで自分は始めて彫刻というものはそんなものかということを知り、自分も仁王がほりたくなり、家に帰って、嵐で倒れた樫の木で薪にするため木挽に挽かせた手ごろなのがあったのでそれを掘り出すが、どれにも仁王を蔵しているものは無かった。自分は明治の木には運慶は到底埋まってはいない、そこで自分は運慶が「今日迄生きてゐる理由も略解つた」というものだ。

## 芸術創造の秘密に切り込む

『夢十夜』では各夢につねに語り手たる自分に謎とか、期待とかがしかけられていて、それがいかに解決されるかに物語の緊張があるが、ここでの謎はなぜ運慶が今頃までいきているかだ。

このような問題提起は別に夢であることを要しないものだろう。これはそのまま芸術論一般に拡大されるものであるに違いない。漱石にはこのような問題は早くからあったに違いない。

ただいうまでもないことだが、夢という自在な語りの形式を得たことで、その芸術論に独特な膨らみを持たせることが出来た。ここでも見ている自分のうちにうかぶ一連の疑問をあらかじめ察知してこたえる若い男が出てくる。最初に問題になるのが、芸術家と大衆との関係である。次に技巧の問題である。最後に製作にたち向かう芸術家の心の問題である。あるいは芸術というものに対する芸術家の信念の問題と言い換えても良いかもしれない。要するに何のために芸術に専念するかという問題である。この三つの問題はあらゆる芸術家共通の問題といっていいだろう。そしてまたプロとしての作家活動にはいった漱石にとっても喫緊の問題であったに違いない。

まず第一の芸術家と大衆の問題についてだが、この夢の前半で漱石は大衆の芸術に対する様々な反応を示す。「大きなもんだなあ」という言葉、これは芸術にたいする最も初歩的な感想といっていいだろう。オーケストラを聴いてヴァイオリンの弦が一斉に同時に動くのに感心するようなものだ。次の感想は「人間を拵へるよりも余つ程骨が折れるだらう」は作るということにたいするこれまた初歩的な賛嘆であり、「へえ仁王だね。今でも仁王を彫るのかね。へえさうかね。私《わっし》や又仁王はみんな古いのばかりかと思つてた」と言った男は新旧で芸術を判断する一言居士、「どうも強さうですね。なんだつてえますぜ。昔から誰が強いつて、仁王程強い人あ無いつて云ひますぜ。何でも日本武尊よりも強いんだつてえからね」と話しかけた男は、芸術上の作物も神話的人物もいっしょくたにし、評価の基準は強いか弱いかという幼児的批評眼の持ち主だ。「余程無教育な男と見える」と一蹴される。これらわいわい衆を尻目に若い男が登場する。若い男は自分の抱いた疑問に答えるように、先にあげた三つの問題について述べるのだ。まず第一の問題については、「流石は運慶だな。眼中に我々なしだ。天下の英雄はたゞ仁王と我とあるのみと云ふ態度だ。天晴れだ」とほめる。天晴れというのは、「仁王と我とあるのみ」というところにあるのだろう。いわば対象に没頭しきることのできるという点に向けられているのだろう。新聞小説というどうしたって大衆を相手にせざるを得ない漱石にとっては、いささか耳が痛い言葉かもしれない。若い男はさらに槌と鑿の使いかたに触れ、「大自在の妙境に達してゐる」という。もはやそこには技巧などない。それは技巧を超えた技巧ともいうべきものだろう。その若い男の言葉に呼応するかのように、運慶が鑿と槌をふるって眉と鼻を彫り上げる。それがいかにも無遠慮で、しかも疑念を挟まないように見えた。自分がその驚きを言葉に思わず発すると、若い男はそこで「あの通りの眉や鼻が木の中に埋つてゐるのを、鑿と槌の力で掘り出す迄だ。丸で土の中から石を掘り出す様なものだから決して間違ふ筈はない」といった。技巧を超えた技巧の秘密はここにあった。確かに像を彫ることが「土の中から石を掘り出す」ことだったら間違いようは無い。しかし木の中に仁王が埋まっているはずは無いのだから、これはどこまでも暗喩としてとりたくなる。しかしそうも言い切れないような気もするのだ。モーツアルトは作曲において最初の音を叩いたとき、最後の音まで聞いていたという。いわばモーツアルトの頭の中には、作曲を始めるや、完成した全楽曲が鳴り響くのだ。この場合もそうではないだろうか。確かに木のなかに既に彫られた像が見えている。これは自らの芸術行為に対して絶対的な確信を抱いている芸術家の特権といえるのかもしれない。

ここで夢は最後の展開にはいる。自分も仁王を彫ってみたくなり、家に帰って実行してみようということになる。薪を片端から彫ってみる。然し仁王は出現しない。そこで結局仁王はどの薪にも隠れてはいなかったということで、明治の木には仁王は埋まっていないと悟り、自分は運慶が今日まで生きている理由を略理解したという。

彫刻がいかにも簡単な作業であると思って、自分も仁王を彫りたいと思いそれを実行してみることが面白い。いわば理論を知ればそれを実践に移す漱石的実験精神といえそうだ。だが漱石は彫刻というものが実際には若い男が言ったようには簡単ではないということは百も承知のはずだ。自分が片端から薪を彫ったのはその上でのパフォーマンスといえるだろう。実は薪の中に仁王が隠れて存在しなかったというのではないだろう。自分が仁王を掘り出す確信と力がないということに過ぎないのだが、漱石はそれを明治の木のせいにしたのではないか。これはなぜか。

## 若い男の彫刻観の由来

ここで語られた彫刻観はおもしろいものだが、実はこれは漱石自身のものではなくてメレジコフスキイの『先覚者』というレオナルド・ダ・ヴィンチを扱った伝記小説のなかでダ・ヴィンチがミケランジェロについて語ったものだ。漱石は英訳で読んだ。漱石文庫には五種類のメレジコフスキイの小説・評論があり、特に小説についてはいずれも書き込みがある。そのなかでも特に『先覚者』は、『草枕』『三四郎』に引用されているところをみると、漱石の想像力を最も刺激したものだろう。

メレジコフスキイのこの小説はその歴史三部作『キリストとアンチ・キリスト』の二番目のもので一九〇一年単行本として出版された。漱石所蔵のものは英訳で一九〇五年発行のものだ。

Merejkowski (D.S.) Forerunner. The Romance of Leonardo da Vinci. (Colonial Library).
Trans.by H.Trench. London: A.Constable & Co.1905

この英訳については米川正夫がのちに『神々の復活』と云うタイトルのもとに原語からの完訳を岩波文庫から出版したとき（一九三四年）につけた序の末尾に次のように書いている。

「日本でもハーバート・トレンチの『先駆者』と題する英訳が、夙に広く行はれて、同書から邦語に訳したものが既に二種まであるけれど、この英訳は原文の約三分の一ぐらゐを惜しげもなく切り取つて了つて、メレジュコーフスキイの苦心した描写や表現法は、殆ど俤も止めぬほど傷つけられ凡化され、殊に最後の一編などは、ぜん〳〵梗概に変化して了つてゐる。[*1]」

米川の指摘は当時の重訳のありようを示して興味深いので、煩を厭わず引用した。ところで漱石が依拠した箇所はどうか。ここでは英訳からの引用と、その部分の戸川秋骨の重訳によってみて見たい。

The further art is removed from a handicraft the nearer it approaches to perfection. The major distinction between the two arts lies in the fact that painting demands greater effort of mind, sculpture greater effort of body. The shape, contained like a kernel in the block of marble, is slowly set free by the sculptor・s blows of chisel and mallet, needing the exertion of all his bodily powers. Great fatigue ensures, the labourer drenched with sweat, which mingling with dust becomes a miry crust upon his garments; his face is smeared and covered with white like a baker's, his studio is filled with chips.*2

「美術は手の労作を多く離れるに従って、愈々完全の域に近寄るものです。それで、大方の人が絵画と彫刻とに関して何んな区別を立て丶ゐるかと見まするに、絵画に要とするところは多くは心の努力、彫刻は身体の努力であると考えてゐます。これは事実其の通りで、彫刻家は徐々として鑿を使い槌を打ち下ろして、恰《ちやう》ど種子のやうに大理石の中に這入つてゐる形体を解放するのですが、これをするためには其の人の体力をあらん限り振ひ出す事が必要です。*3 すると体はがつかり疲れて来る。劇しい労働のために汗でヅブ濡れになる。すると其の汗が埃と混ざつて、着物は一面に泥塗れの皮を被つたやうになる。そして顔はパン屋のやうに白い物を被って汚くなつてゐます。剰に仕事部屋は何処も彼処も削り屑だらけで足の踏み場もないという始末。」

この言葉はミケランジェロをも交えた芸術家たちを前に、レオナルドが絵画と彫刻の優越論を述べたもので、このあとレオナルドは彫刻家が其の作品製作の現場ではいかに肉体的労動にまみれたものであるかを、そしてそれに対比して、画家の仕事のいかに知的で優雅なるかを述べている。それにたいしてミケランジェロが激しく反発してゆくものであり、従って漱石が第五夜で注目した、「彫刻家は徐々として鑿を使い彫刻家は徐々として鑿を使い槌を打ち下ろして、恰《ちやう》ど種子のやうに大理石の中に這入つてゐる形体を解放する」という部分は、彫刻家の仕事がいかに肉体的であって、芸術性からは遠いということの主張の前提として出されている部分なのであって、従ってかなり皮肉な表現ともいえるのだ。ミケランジェロが激しく反発してゆくのも当然であろう。彫刻家の仕事が肉体的というごとき強調は、ミケランジェロにとっては全く肯定しがたいレオナルドの言葉であったに違いない。レオナルドのこうした言葉には絵画の方が彫刻より優れた芸術とする考えが横たわっているという暗示が秘められているようだが、ミケランジェロはそれに対してあらゆる芸術は同じ根源から発し、同じ目的に向かって精進しているのだから皆一様の価値を持つといってダ・ヴィンチの言葉を嘲笑する。これはおそらくミケランジェロのほうが正しいのだろう。要は、芸術家としての資質の相違によるのだろう。徹底した知性の芸術家であるレオナルドと、燄のごとき信仰をもって対象に向かうミケランジェロとの違い。大理石のなかに眠っている像として素材に立ち向かうミケランジェロに像を透視させるのはその激しい信仰にほかならない。

　この小説には、レオナルド・ダ・ヴィンチの有名な手記からとられた言葉がちりばめられているが、その一つ「懐疑がなければ偉大な芸術は生まれない」[*2]がある。この考えからすれば、肉体的努力に重点の置かれる彫刻から偉大な芸術は生まれるはずはないだろう。では漱石はどちらの芸術家としての型の属していたかといえば、もちろんレオナルドの方だが、しかし芸術家の究極の理想としてはむしろミケランジェロにあったのではないか。しかしその理想は懐疑の燄を通してでなければならなかった。つまり漱石は双方を内包する芸術家だったといえよう。この関係は禅に対する漱石の生涯を通じてのかかわり方と共通するといえるものだ。

以上のように考えて見ると、この夢において運慶の行動が果たして、最初は一見そう受け止められるように賛美の対象としてえがかれているかどうか。もし運慶賛美だとしたら、なぜ後半の薪を自分が掘ってみるなどということを語る必要はなかったのではないか。

大体若い男が言った言葉を私が文字通り受けとってそれを実践するのは馬鹿げている。若い男は、運慶だから木のなかに仁王が埋まっているといったのであって、運慶と同時代の誰もがその木を彫って仁王を彫りだせるわけのものではない。それに鎌倉時代の木に仁王が埋まっているわけでもない。大体木に鎌倉時代も明治時代もないだろう。運慶が自在な行為によって掘り出したかに現象するのは、運慶の天才と努力と信念による。就中、時代の思潮による宗教的信念によるだろう。若い男の言葉はそれらをすべて内包したうえでいわれたものだろう。

## 運慶をもじって

しかし自分は自分の手元にある薪を明治の木といってそれを彫り、結局明治の木の中には仁王は埋まっていないと論点を素材に転換した。それでは鎌倉の木には仁王が埋まっていたのか。さらに滑稽なのは明治の木は鎌倉の木とは違うのか。これはあまりにも単純な理解の上に立つ行為ではないか。漱石はもとよりその論点のずらしには意識的であったに違いない。にもかかわらず、いやあるいはそれゆえに私は材木を掘ってみるというのはパロディにほかならない。パロディとはもじりだ。『ドン・キホーテ』が当時流行の騎士物語のパロディとして出発していることはよく知られている。ドン・キホーテという時代はずれの素っ頓狂な郷士を騎士もどきに仕立てたところに、騎士物語にたいする皮肉な風刺があった。ではこの夢でパロディの切っ先はどこにむけられているのだろうか。

漱石はここで何をもじったか。若い男の言説である。天下我と仁王のみという芸術家の態度であり、なんら懐疑もなく絶対を信じ得た芸術活動と云うものにたいしてであろう。明治と云う近代において芸術家はもはや自分の世界にとどまっていることは許されない。まして新聞小説家であれば読者あるいは世間一般の喧しい雑音と嫌でも闘わざるを得ない。しかも近代人は絶対への信仰をそれほどストレートにもつことはできない。それが明治に生きる芸術家の条件なのだ。そのような条件の上に立って、漱石は若い男の言説をパロディ化したのだ。

## パロディを超えて

しかし単にそれだけではないだろう。『夢十夜』において、夢の終わりはこれまで述べてきたように極めて重要な意味をもつ。パロディは全面的否定ではない。

「遂に明治の木には到底仁王は埋つてゐないものだと悟つた。それで運慶が今日迄生きてゐる理由も略解つた。」

明治の木に仁王が埋まっていなかったということから、運慶が今日まで生きている理由がほぼわかったという結語の間にはどのような論理が介在するのか。仁王が埋まっていない以上、明治においては仁王を彫ることはできない、とすれば運慶の仁王は今でも生きているという単純な論理に帰着するしかないだろう。木の中に仁王が埋まっている、これをミケランジェロの言葉でいえば、大理石の中で像が眠っているになるが、いずれにせよ仁王にせよ、像にせよ、なにもあらゆる人間にとって存在するはずのものではない。またどんな天才にせよ、最初から木とか大理石の素材の中に、仁王や像を透視するわけはないだろう。そこには長い修練と努力と人間的精進と、なによりも強固な信仰が前提されるだろう。今の論理はそれらの前提を捨象して単純化したものに他ならない。この単純な論理から、明治の時代への絶望的批評を読み取ることは容易だが、作者の真意はそこにはないだろう。漱石はそのパロディ的パフォーマンスによって、若い男の批評をパロディ化しつつ、一方で運慶の芸術への賛美とともに、実際には芸術創造の根源への模索を、換言すればその懐疑主義を突き破る確固たるものへの模索を彼自身の創造的行為によって試みる決意をそこに仕掛けていたのではないか。

＊1　メレジュコーフスキイ、米川正夫訳『神々の復活―レオナルド・ダ・ヴィンチー（一）』（岩波文庫、昭和一〇年二月）八頁

*2　Merejkowski（D.S.） Foreruner. p393—394
*3　メレジュコーフスキイ、戸川秋骨訳『先覚』（国民文庫刊行会、大正四年九月）八二六〜八二四頁
*4　メレジュコーフスキイ、*3に同じ、第三巻四四頁

# 第七夜

# 死の疑似体験としての夢

アメリカ蒸気舟　蘭（船）名ストンボート
筆者不明　安政期頃

第七夜

何でも大きな船に乗つてゐる。

此の船が毎日毎夜すこしの絶間なく黒い煙を吐いて浪を切つて進んで行く。凄じい音である。けれども何処へ行くんだか分らない。只波の底から焼火箸の様な太陽が出る。それが高い帆柱の真上迄来てしばらく挂つてゐるかと思ふと、何時の間にか大きな船を追ひ越して、先へ行つて仕舞ふ。さうして、仕舞には焼火箸の様にぢゆつといつて又波の底に沈んで行く。其の度に蒼い波が遠くの向ふで、蘇枋の色に沸き返る。すると船は凄じい音を立て、其の跡を追掛けて行く。けれども決して追附かない。

ある時自分は、船の男を捕まへて聞いて見た。

「此の船は西へ行くんですか」

船の男は怪訝な顔をして、しばらく自分を見て居たが、やがて、

「何故」と問ひ返した。

「落ちて行く日を追懸る様だから」

船の男は呵々と笑つた。さうして向ふの方へ行つて仕舞つた。

「西へ行く日の、果ては東か。それは本真か。東出る日の、御里は西か。それも本真か。身は波の上。檝枕。流せ〳〵」と囃してゐる。舳へ行つて見たら、水夫が大勢寄つて、太

い帆綱を手繰つてゐた。

　自分は大変心細くなつた。何時陸へ上がれる事か分らない。さうして何所へ行くのだか知れない。只黒い煙を吐いて波を切つて行く事丈は慥かである。其の波は頗る広いものであつた。際限もなく蒼く見える。時には紫にもなつた。只船の動く周囲丈は何時でも真白に泡を吹いてゐた。自分は大変心細かつた。こんな船にゐるより一層身を投げて死んで仕舞はうかと思つた。

　乗合は沢山居た。大抵は異人の様であつた。然し色々な顔をしてゐた。空が曇つて船が揺れた時、一人の女が欄に倚りかゝつて、しきりに泣いて居た。眼を拭く手巾の色が白く見えた。然し身体には更紗の様な洋服を着てゐた。此の女を見た時に、悲しいのは自分ばかりではないのだなと気が附いた。

　ある晩甲板の上に出て、一人で星を眺めてゐたら、一人の異人が来て、天文学を知つてゐるかと尋ねた。自分は詰らないから死なうとさへ思つてゐる。天文学抔を知る必要がない。黙つてゐた。すると其の異人が金牛宮の頂にある七星の話をして聞かせた。さうして星も海もみんな神の作つたものだと云つた。最後に自分に神を信仰するかと尋ねた。自分は空を見て黙つて居た。

　或時サローンに這入つたら派出な衣装を着た若い女が向ふむきになつて、洋琴を弾いてゐた。其の傍に脊の高い立派な男が立つて、唱歌を唄つてゐる。其口が大変大きく見えた。

けれども二人は二人以外の事には丸で頓着してゐない様子であつた。船に乗つてゐる事さへ忘れてゐる様であつた。

自分は益詰らなくなつた。とう／＼死ぬ事に決心した。それである晩、あたりに人の居ない時分、思ひ切つて海の中へ飛び込んだ。所が——自分の足が甲板を離れて、船と縁が切れた其の刹那に、急に命が惜くなつた。心の底からよせばよかつたと思つた。けれども、もう遅い。自分は厭でも応でも海の中へ這入らなければならない。只大変高く出来てゐた船と見えて、身体は船を離れたけれども、足は容易に水に着かない。然し捕まへるものがないから、次第々々に水に近附いて来る。いくら足を縮めても近附いて来る。水の色は黒かつた。

そのうち船は例の通り黒い煙を吐いて、通り過ぎて仕舞つた。自分は何処へ行くんだか判らない船でも、矢つ張り乗つて居る方がよかつたと始めて悟りながら、しかも其の悟りを利用する事が出来ずに、無限の後悔と恐怖とを抱いて黒い波の方へ静かに落ちて行つた。

## 死をもてあそぶ勿れ

この夢はそのものずばり、存在の恐怖を表したものだろう。これが漱石の渡欧の際の航海体験を踏まえていることはよく知られているが、それを漱石はより普遍的な方向に凝縮させ、すぐれて実存的な短編に仕上げた。この短編は極めてパスカル的なものではないかと思う。いわば、無限大と無限小の中間的存在である人間が、もし神を持たないなら、いかに悲惨であるかを語ったのが『パンセ』のなかの雄編「二つの無限」の章だった。そこでパスカルは神を持たない場合、二つの無限に挟まれて、いかに人間が悲惨な条件のなかに置かれているかを徹底的に分析する。その上に立って神を信ずるか、信じないか賭けよというのである。この賭けから降りることは許されない。なぜなら我々は既に船出しているからだ。パスカルはこの悲惨を逃れる方策として、気晴らしをあげる。もし神がなく、気晴らしもなければ人間は絶望に陥るより他は無いと述べる。

この夢を語る自分はまさしくそのような状況にあって、絶望から結局死を選ぶ訳だが、しかし船上から投身した自分は急に命が惜しくなった。やはり船に乗っていたほうがよかったと悟る。しかし自分はその悟りを利用することも出来ず「無限の後悔と恐怖とを抱いて黒い波の方へ静かに落ちて行った」。

夢の中で死刑を宣告される、あるいは殺されそうになる、そういう夢を見た人は多いだろうと思う。

そのときわれわれが魂に受ける恐怖の感触が、実際にそのような場面に出会ったときとどのように異なるかは知らないが、しかし日常では体験しえないものであることは確かだろうと思う。このような実存的体験は漱石は既に『倫敦塔』において書いていた。『倫敦塔』では漱石はいわば幽閉された囚人のこころのなかに入り込み、第三者の想像として書いた。ここではそれを漱石は自分の中のまさに疑似体験として、より切実なものとして表出したといえるのではなかろうか。

## 船、吾々を盲目的に運び去るもの

第七夜の夢は「何でも大きな船に乗つている」から始まる。「大きな船」これは文明開化によって、西欧に追いつけ、追い越せのスローガンに狂奔する日本のメタファーととることが一般的だ。凄まじい音とか烟は、それまでの鎖国というういわば太平の眠りを破った近代というものの傍若無人の衝迫を端的に表す。それは日本社会のトラウマとなった黒船のイメージと重なり合う。

しかし、これはむしろより抽象的普遍的な意味においてとるべきだろうと思う。すでに述べたようにわれわれは出帆している。どのような世界どのような環境に生まれたにせよ、我々は自分の意思とは関係なしにその船に運ばれてゆく。それは否応なしにわれわれを運び去ってゆく、例のショウペンハウエルのいう盲目的意志だ。

「此の船が毎日毎夜すこしの絶間なく黒い煙を吐いて波を切つて進んで行く。凄じい音である。」

この船がいかなる船かは、自分には知らされていない。ただ進行の絶え間のなさ、そして遠慮会釈のない黒い煙、凄まじい音は自分に畏怖を与えるだろう。しかも「何処へ行くんだか分らない」。畏怖の念はますます強まるだろう。そして「焼火箸の様な太陽」の出現もまた恐ろしい。「焼火箸」というイメージ、真紅に焼けた垂直の焼火箸は容赦ない自分への折檻とも思われる。さらにそれが波に没するさまを表す「じゅつ」というオノマトぺも畏怖的だ。しかもそれはいつの間にか船を追い越し、「高い帆柱の真上迄来てしばらく挂つてゐるかと思ふと、何時の間にか大きな船を追ひ越して、先へ行つて仕舞ふ。そうして、仕舞には焼火箸の様にじゆつといつて又波の底に沈んで行く。」波の底から現れて、船の真上にくるという威圧的な太陽は船の運航を嘲笑しているかにも見える。しかもそれは波に没してゆくのだ。太陽という天空と海という深淵と両者の間にはさまれて、船は太陽の没したあとを追いかけるのだが、「決して追附かない」。船自体まるで、二つの無限大の間にあって翻弄されているようだ。自分の不安と恐怖はますます増大する。ともあれ、自分自身の位置測定をおこなわなくては、精神的安定は得られない。そこで船員に「この船は西へ行くんですか」と聞く。「船の男は怪訝な顔をして、しばらく自分を見てゐたが」、「何故」と問い返す。船員にしてみれば分かりきったことを聞くと思ったのだろう。男にしてみれば、自分の襲われている二つの無限大のもたらす畏怖の念などはまったくないのだから。自分が何故西へ行くのか聞いた理由を説明すると男は「呵《から》々と笑つた」。「さうして向ふの方へ行つて仕舞つた」。やがて囃子がきこえてくる。それは水夫たちの帆綱を一斉に手繰る囃子だった。「西へ行く日の、果は東か。それは本真か。東出る日の、御里は西か。それも本真か。身は波の上。檝枕。流せ〳〵」と囃す。それは西に行くのかと聞いた自分へのからかいと聞こえる。そして「檝枕。流せ〳〵」は船は波のまにまに気儘に流すのだというように聞こえるだろう。水夫たちにしてみれば船の行く先などどうでもいい。船の流れるままにいきる、それがかれらのいきざまなのだ。水夫たちの手繰る太い帆綱は荒くれた男たちの逞しい神経であり、それもまた自分を圧迫するものだろう。こうして、彼らの囃しは不安のなかにいる自分にはまるで自分を嘲弄するかのような響きに思え、一層深い恐怖の中に陥ることになる。

「自分は大変心細くなつた」いつ上陸するかわからない。どこへゆくのかもしれない。波を切って行くことだけは確かだが、その波は「際限もなく蒼く見える」。自分は「大変心細かつた」。そこで「身を投げて死んで仕舞はうかと思つた」。パスカルは宇宙の無限の沈黙は私を畏怖させるとしるしたが、自分の自死の願望も、このパスカルの記した畏怖に連なるものだろうと思う。無限に広がる海原のなか、ただただショウペンハウエルのいう盲目意志にでもかられたように進む船。その中の自分は存在する意味を見出すことは出来ない。なおそれでも直ちに投身への決意にいたるまでには至らない。

## 死を前にした一切の価値の脱落

同乗の船客のなかに悲しんでいるものを見つけ、「悲しいのは自分ばかりではない」と悲しみを相対化するが、しかし一人甲板で星を見ていたら、一人の「異人」が来て、天文学を知っているかと聞く。自分は死のうと思っているから、天文学など知る必要はない。そこで黙っていると、異人は金牛宮の頂に輝くと云う七星の話をする。そして星も海もみな神の作ったものだといい、神を信仰するかと聞く。ここでも自分は「空を見て黙つて居た」。

ところで異人のいう金牛宮の頂に輝く七星というのは、北斗七星と紛らわしいが、英語では The Seven Stars ドイツ語では das Siebengestirn だ。これは金牛宮（おうし座）のなかのプレアデス星団、日本では昴《すばる》として知られている。プレアデスという呼称はギリシャ神話で、アトラスとプレオネの七人の娘プレイアデスに由来する。プレイアデスはオリオンに追いかけられ、オリオンともに星に変えられたというものだ。天空にあってなおオリオンはプレイアデスをおいかけているという。なおこの七星は航海星ともいわれ、朝この星の出現は春の到来を、朝沈む時は冬の始まりだという。異人の話はそのような導入から、神の信仰へとすすんだのではなかろうか。

ここで僕は『白痴』でイッポリートがギリシャ語の文典を読んだところでそのままにしていたという話を思い出した。イッポリートは余命数ヶ月と宣告されて、自殺の決意を固めた青年だった。死がそこに迫っているのに、ギリシャ語を学んだとて何の意味があろうか。イッポリートがギリシャ語の勉強を止めたのはそういう理由からだった。イッポリートは信仰を失っていた。この第七夜の夢の自分には「異人」のごとき信仰はない。「空を見て黙つて居た」自分の脳裏には、無限の沈黙への畏怖が高鳴っていただろう。異人のいう神の作った空や海そのものが自分の不安と存在の恐怖そのものなのに、異人には逆に星や海は、神の信仰への拠り所でこそあれ、畏怖の対象であるはずのものではない。異人に自分の実存感情が判るはずはない。

ある時サロンに入る。女がピアノを弾き、男が歌を歌っている。二人とも「二人以外のことには丸で頓着してゐない様子であつた。船に乗つてゐる事さへ忘れてゐる様であつた」。この男女をみてから、自分は死ぬ決心を最終的にするのだが、一体なぜこの男女が引き金になったのか。

二人は完全に自分たちの世界のなかにいる。二人は船の上にいることなどは全く無頓着だ、音楽の世界に浸り切って二人だけの世界を作っている。ここにおいて、自分はますます孤独感を、そして疎外感を深めるだろう。

## 生願望の思わざる噴出

そして自分はついに船上から投身する。そのときだ、「自分の足が甲板を離れて、船と縁が切れたその刹那に、急に命が惜しくなつた。心の底からよせばよかつたと思つた。」自分は「厭でも応でも海の中へ這入らなければならない」。だが足は容易に水に着かない。船が通り過ぎてゆくのを見送り、「自分は何処へ行くんだか判らない船でも、矢つ張り乗つて居る方がよかつたと始めて悟りながら、しかもその悟りを利用する事が出来ずに、無限の後悔と恐怖とを抱いて黒い波の方へ静かに落ちて行つた」。

人間は死の瞬間に過去の一切を、フィルムを逆回転でもした様に思いだすという。しかし漱石は自分が投身自殺という決定的な行為に踏み切った瞬間、その行為を後悔するという形でそれをつかったといえるのではないか。死の瞬間に過去の記憶が蘇えるというのが、本然的な生の欲求によるものなのかどうか。やはりここでも本然的な生の衝動、あの生の盲目的意志が一切の観念を押しのけて噴出してきたと考えられそうだ。そこから類推すれば、この夢の主人公のように瞬間的に後悔することもあるだろうが、実際にそういう事例があるかどうかは寡聞にしていまだ聞いたことは無い。ただ、文芸の上では生と死を分かつ一瞬に死を逃れて生によみがえる体験を語ったものはある。アンブロワーズ・ピアスの有名な短編「アウル・クリーク橋の一事件」とか、ドストエフスキーの「可笑しな男の夢」などが思い浮かぶが、ピアスのこの短編では、絞首刑になった主人公が、死を逃れ自分の家に戻り、妻を抱擁しようとして、首に激しい痛みを感じてそのまま意識が暗転するというところで終わる。つまり死を免れ、生に還帰したと思ったものは、生から死に移るのほんの一瞬の幻想にすぎなかったわけだ。ただその幻想を生み出したものは、死刑にのぞんで生きたいという願いだったという点では第七夜の夢と似ている。ただこの短編では処刑されるという他者から与えられる死であるので自殺による死へのアイロニカルな視点はない。

それにたいして、ドストエフスキーの「可笑しな男の夢」では夢の中で自殺した男が復活して第二の地球に到りそこでの体験を経て、真の生とはなにかに目覚めて、夢から現実に戻るという話で、とにかく夢のなかであれ自殺を決行するという点では漱石の夢の中での自殺と共通する。ただ漱石の夢ではそのまま自殺が決行されてゆき、そのあと自殺の試みの決定的な誤りを悟るとなっているが、

「可笑しな男の夢」では自殺後棺の中で目覚めたあとの語りがむしろ中心になっている。死後彼は復活して第二の地球に到り、そこでエゴイズムと虚偽の地球とは全く異った楽園を見出し、その生活を通じて生の真意義に目覚めるが、しかし、その楽園もやがて崩壊し、虚偽にまみれた社会に堕落してゆく。実は堕落をもたらしたものは彼だった。彼は人々に自分を十字架にかけろというが、誰も彼の云う事に耳を傾けない。その悲しみのあまり夢から目覚め、それから彼は現実生活において真理の伝道者として再出発するというものだ。いずれにせよドストエフスキーと漱石のこの二つの作品ともに夢という疑似体験によって自殺を考えるという点では、自殺への警告となっているともいえる。

## 漱石と自殺

このふたつのロシアと日本の物語の時代、それぞれに自殺は流行だった。日本では明治三六年五月日光「華厳滝」の老樹に「巌頭の感」を記し、投身自殺をした藤村操が有名だ。『明治世相編年辞典』によれば「諸新聞が賞めたため十数名の青年が続いて投身した。当時、厭世自殺のことを華厳行と呼んだ。日光警察では滝の上に垣を作って、巡査に警戒させた。「巌頭の感」は世の青年子女の間に愛唱され、替え文句まで出現した」というのだ。[*1] 漱石自身妻鏡子の自殺未遂事件を体験しているが、しかし彼自身も夙に自殺衝動なるものをトラウマの様に持っていたと想像される。明治二三年八月九日の子規宛ての書簡である。そこでは「この頃は何となく浮世がいやになり、どう考へても考へ直してもいやで〳〵立ち切れず。去りとて自殺するほどの勇気もなきはやはり人間らしき所が幾分かあるせいならんか。「ファウスト」が自ら毒薬を調合しながら口の辺まで持ち行きて遂に飲み得なんだといふ「ゲーテ」の作を思ひ出して自ら苦笑い被致候。」とあり、その先には「misanthropic 病」だから仕方がないともあり、さらに「知らず、生れ死ぬる人何方より来りて何かたへか去る。またしらず、仮の宿誰がために心を悩まし何によりてか目を悦ばしむると。」方丈記の一節をひき、これらの苦悩もすべて心と云う正体の知れぬやつの仕業だといっている。[*2]

自殺願望はこのように早くから漱石の心には根ざしていたのだ。これは時には滑稽化されて、時には美的視点から投身願望として初期作品において隠見されてきたものだ。

## ドストエフスキーと自殺

ドストエフスキーにおいて自殺の問題は、五大小説の中で一貫して追求されている。それらは主にニヒリズムの問題を中心に倨傲な自我に生きる主人公らによってなされてゆくものだったが、『作家の日記』執筆当時自殺は恐るべき流行をみせ、民衆のレベル、あるいは若い世代にまで拡がった。そこでドストエフスキーはいわばジャーナリスト的視点から当時の自殺流行の風潮にたいして多くの時事評論的な記事を書き、さらに自殺を主題とした小説として『おとなしい女』と『可笑しな男の夢』を書いた。当時いかに自殺が流行したかは、独特な時事評論『作家の日記』を読めば明らかだ。そして「可笑しな男の夢」もまたその『作家の日記』のなかに挟まれている名作なのだ。という点からして、ドストエフスキーがこの二つの小説を書いたのは単にそれぞれ独立した小説というよりはその流行というものへの深い洞察と分析を通して、自殺への理解を啓発し、さらには自殺におもむこうとする人たちへの警告を発したものといえる。

## 運命の二重の嘲弄への警告

興味深いことは、漱石のこの夢の語りとドストエフスキーの小説の双方において、ともに自殺の動機は生きていることが詰まらないとする厭世観からだ。つまらないからという理由で自殺を選んだ人間が、自殺によってかえって生命の本然的な呼び声に目覚めるというのはなんとも皮肉なことではないだろうか。これ自体極めて皮肉な運命の嘲弄であって、しかもいうなれば、運命による二重の嘲弄なのだ。生きることをつまらないとして、人間が自殺をはかる、これは一見人間が自分の意志の行使による運命の支配に対する抗議として現象するだろう。しかし運命からすれば、人間の抗議など何の意味をもつものではない。これ自体運命の視点から見れば、人間の愚かしさに他ならない。そして自殺してそれを後悔するとしたら、人間は運命によって二重に笑われているわけだ。

このような運命の二重の嘲弄は『オエディプス王』においてもっともよく表れている。スフィンクスのほかのだれも解けなかった謎を解いた王は、人間の賢人中の賢人、しかし彼は自分の運命がいかに呪われたものであるかは知らなかった。スフィンクスの出した謎の回答は人間という事であり、その教訓は自分自身を知れと云う事に他ならない。しかし、それを解いたはずの王が実は自分自身をしらなかったというわけだ。しかし王の遂に自らの運命の真相に立ち至ったとき、どうしたか。かれは自ら目をくりぬき、盲目になったのだ。

これは何を意味するか。先にもふれたように運命というものの残酷さにたいする告発なのだ。盲目になってこそ、真実が見えるという運命のアイロニーを逆手に取ってする、運命の残酷さへの告発なのだ。

さて、この夢にも同じような警告、自殺への警告がしかけられている。自殺とは究極のところ、運命の仕掛けた陥穽かもしれないのだ。

ここで思い出されるのは『道草』の結語、「世の中に片付くなんてものは殆んどありやしない。一遍起つた事は何時迄も続くのさ。たゞ色々な形に変るから他にも自分にも解らなくなる丈の事さ」という言葉だ。結末に洩らした主人公の深い感慨には、この夢の警告が響きあっていることだろう。思わぬところで人間は自分の足をすくわれる。自殺と云う決断はちょっとやそっと出来るはずのものではないだろう。その深刻極まりない決断が最後の瞬間に生きたいという衝動によって罅《ひび》割れるとしたら、これは恐るべきことではないだろうか。自殺によって運命を逃れたところが、それ自体が実は運命の嘲弄だったということになるとしたら、人間にとっての決断とは一体何か。

ただここで考えなければいけないのは、この第七夜の夢の主役は偶然に人間を外部から襲うといった単なる運命ではないということだ。それは盲動的意志、盲目意志ではないか。それは人間の内部にあって、突然姿を現す潜伏者なのだ。これは予見できないというところが恐ろしい。そして漱石の最晩年にいたる苦闘には、この意志との苦闘が展開されることになる。

＊1　朝倉治彦・稲村徹元編『明治世相編年辞典』（東京堂出版、昭和四〇年六月）四六四―四六五頁

＊2　『漱石全集』第二一巻（岩波書店、一九九六年三月）二二一―二二三頁

# 第八夜

# 分断された映像の行列

ウィリアム・モー・イーグリ「シャロットの女」部分
シャロットの鏡にうつるランスロット

# 第八夜

床屋の敷居を跨いだら、白い着物を着てかたまつて居た三四人が、一度に入らつしやいと云つた。

真中に立つて見廻すと、四角な部屋である。窓が二方に開いて、残る二方に鏡が懸つてゐる。鏡の数を勘定したら六つあつた。

自分は其一つの前に来て腰を卸した。すると御尻がぶくりと云つた。余程坐り心地が好く出来た椅子である。鏡には自分の顔が立派に映つた。顔の後には窓が見えた。それから帳場格子が斜に見えた。格子の中には人がゐなかつた。窓の外を通る往来の人の腰から上がよく見えた。

庄太郎が女を連れて通る。庄太郎は何時の間にかパナマの帽子を買て被つてゐる。女も何時の間に拵らへたものやら。一寸解らない。双方共得意の様であつた。よく女の顔を見やうと思ふうちに通り過ぎて仕舞つた。

豆腐屋が喇叭を吹いて通つた。喇叭を口へ宛がつてゐるんで、頬ぺたが蜂に螫された様に膨れてゐた。膨れたまんまで通り越したものだから、気掛りで堪らない。生涯蜂に螫されてゐる様に思ふ。

芸者が出た。まだ御化装をしてゐない。島田の根が緩んで、何だか頭に締りがない。顔も寝ぼけてゐる。色沢が気の毒な程悪い。それで御辞儀をして、どうも何とかですと云つたが、相手はどうしても鏡の中へ出て来ない。

すると白い着物を着た大きな男が、自分の後ろへ来て、鋏と櫛を持つて自分の頭を眺め出した。自分は薄い髭を捩つて、どうだらう物になるだらうかと尋ねた。白い男は、何にも云はずに、手に持つた琥珀色の櫛で軽く自分の頭を叩いた。

「さあ、頭もだが、どうだらう、物になるだらうか」と自分は白い男に聞いた。白い男は矢張り何にも答へずに、ちやき〳〵と鋏を鳴らし始めた。

鏡に映る影を一つ残らず見る積りで眼を睜つてゐたが、鋏の鳴るたんびに黒い毛が飛んで来るので、恐ろしくなつて、やがて眼を閉ぢた。すると白い男が、かう云つた。

「旦那は表の金魚売を御覧なすつたか」

自分は見ないと云つた。白い男はそれぎりで、頻と鋏を鳴らしてゐた。すると突然大きな声で危険と云つたものがある。はつと眼を開けると、白い男の袖の下に自転車の輪が見えた。人力の梶棒が見えた。と思ふと、白い男が両手で自分の頭を抑へてうんと横へ向けた。自転車と人力車は丸で見えなくなつた。鋏の音がちやき〳〵する。

やがて、白い男は自分の横へ廻つて、耳の所を刈り始めた。毛が前の方へ飛ばなくなつたから、安心して眼を開けた。粟餅や、餅やあ、餅や、と云ふ声がすぐ、そこでする。小さい杵をわざと臼へ中てゝ、拍子を取つて餅を搗いてゐる。粟餅屋は子供の時に見たばかりだから、一寸様子が見たい。けれども粟餅屋は決して鏡の中に出て来ない。只餅を搗く音丈する。

自分はあるたけの視力で鏡の角を覗き込む様にして見た。すると帳場格子のうちに、いつの間にか一人の女が坐つてゐる。色の浅黒い眉毛の濃い大柄な女で、髪を銀杏返しに結つて、黒繻子の半襟の掛つた素袷で、立膝の儘、札の勘定をしてゐる。札は十円札らしい。女は長い睫を伏せて薄い唇を結んで一生懸命に、札の数を読んでゐるが、其の読み方がいかにも早い。しかも札の数はどこ迄行つても尽きる様子がない。膝の上に乗つてゐるのは高々百枚位だが、其の百枚がいつ迄勘定しても百枚である。

自分は茫然として此の女の顔と十円札を見詰めて居た。すると耳の元で白い男が大きな声で「洗ひませう」と云つた。丁度うまい折だから、椅子から立上がるや否や、帳場格子の方を振返つて見た。けれども格子の中には女も札も何も見えなかつた。

代を払つて表へ出ると、門口の左側に、小判なりの桶が五つ許り並べてあつて、其の中に赤い金魚や、斑入の金魚や、瘠せた金魚や、肥つた金魚が沢山入れてあつた。さうして金魚売りが其の後にゐた。金魚売りは自分の前に並べた金魚を見詰めた儘、頬杖を突いて、じつとして居る。騒がしい往来の活動には殆ど心を留めてゐない。自分はしばらく立つて、此の金魚売を眺めて居た。けれども自分が眺めてゐる間、金魚売りはちつとも動かなかつた。

## 視点固定という遊び

これもまた奇妙な作品だ。場所が床屋の中と限定されている。入るところから、そこを出るまでの描写をこまかく追っている。なんの変哲もない描写の連続といえるが、ただ自分が席に座って鏡を見る、其処に展開する外界を描写するという点からいうと、描写はある枠の中に限定されることになる。床屋の席に座って、調髪を終えるある限定された時間、その時間と空間に押し込められた意識が、その退屈な時間をどう過すかという問題の追及ともいえる。いいかえれば、外の現実はその時間と空間の枠によって切られている。嘱目する世界を絵に見立てようとするのが『草枕』を貫く方法だったが、それは画工が主体的にある空間と時間を非人情の立場から切り取ることによって成就したものだったが、ここでは語り手は動かない一点で、その視点に否応無く飛び込んでくる外界の映像を分断されたままでみるほかはない。

次から次へと鏡にうつる光景は、まずは女を連れた庄太郎、つぎに豆腐屋、芸者、そこで邪魔が入る。理髪師の登場だ。鋏を使って黒い毛を飛ばす理髪師のため自分は目をつぶる。理髪師が「旦那は表の金魚売を御覧なすつたか」という。自分は見ないという。突然「危険《あぶねえ》」といった声で目を開ける。理髪師の袖の下に自転車の輪と人力の梶棒が見えたが、頭を押さえつけられたので、それも見えなくなった。耳のところを刈り始めると目をあけて、また鏡をみる。粟餅屋が登場するが、餅をつく音だけ。次に鏡の中に見えたのは帳場格子のなかの女で、札の勘定をしている。呆然としている自分に理髪師が「洗ひませう」という。そこで自分は立ち上がりながら帳場格子を振り返ると、もう女も札も見えない。自分は外に出ると金魚売りがいたが、少しも動かない。

## 高められる好奇心とその結果

これはムソルグスキーの『展覧会の絵』ではないが、次から次へと情景が時折理髪師白い男のプロムナードを織り込んで、一枚一枚絵画的に展示されてゆくという点では、現実世界は分断されてはいるが、反面前後の脈絡がないから鏡のなかの映像は一種の新鮮な感覚をもたらすともいえる。と同時に、常にその情景は断片的であるから、自分の好奇心は否応なく刺激される。庄太郎が通る場面では「よく女の顔を見やうと思ふうちに通り過ぎて仕舞つた」だし、豆腐屋の場面ではラッパを吹く豆腐屋の「頬ぺたが蜂に螫された様に膨れてゐた。膨れたまんまで通り越したものだから、気掛りで堪らない。生涯蜂に螫されてゐる様に思ふ」。芸者の場面では芸者の挨拶している「相手はどうしても鏡の中へ出て来ない」。そこで自分は髭を捻りながらものになるかと聞く。白い男は黙って鋏をちゃきちゃき鳴らし始める。自分は鏡のなかの影をひとつ残らずみるつもりで目を見張っている。然し鋏の鳴るたびに髪が飛ぶので恐ろしくなり目を閉じる。白い男が表の金魚売りを見たかと聞く。自分は見ないと答える。「危険《あぶねえ》」という大きな声が聞こえて自転車と「人力の梶棒」が見えた場面では、頭を押さえつけられて横にむけさせられたため、自転車も人力も視野から消える。粟餅屋の場面では餅をつく音だけで「粟餅屋は決して鏡の中に出て来ない」。

餅を搗く音だけが聞こえる。自分はあるたけの視力で鏡の角を覗きこむと、帳場格子のうちに女がひとり座っている。立膝で十円札らしき札を勘定するが、恐ろしくはやい。しかし「札の数はどこ迄行つても尽きる様子がない」にもかかわらず「いつ迄勘定しても百枚」。自分は呆然としてそれを見ている。洗いましょうという声をこれ幸いと帳場格子のほうをみるとそこにはなにも見えない。代を払って表に出ると、金魚売りが金魚の入った桶を五つ置いて、そのうしろにたっている。しかし往来の活動にはほとんど注意せず、金魚をみつめたまま「ちつとも動かなかった」。

以上が見るということを中心にして考察した夢の経緯だが、見るという事がどうも変容してゆくようだ。好奇心はどんどん刺激され、高まってゆき、見ると云う事に全神経を集中してゆくのだが、鏡の中の像はむしろそれに反比例でもするかのように、映像は失われ音のみになる。のみならず、じっさいにはないものも鏡の中に見るだろう。帳場格子の中の女がそうだが、それにしてもなぜ女は十円札を繰り返し勘定するのか。これは幼いころ見た光景ではないだろうか。

最後の二つの情景は実際にはそれまでのものと異なる。それまで切り取られた情景が外景であったのに対してひとつは理髪店内部の情景であり、ひとつは理髪店をでたところの情景である。とともに、情景としては欠損なく纏まったものとなっている。ただ女の動作の奇妙さ、札を際限なくしかも異常な速さで数えていながら、枚数がいつまでも百枚という不気味さや、二度目に見たときにはいなくなっていたというところはいかにも白昼夢的怪異だし、しかもこれは瞬間的な幻影のようなものだろうが、そのような瞬間のなかに自分に百枚という枚数がわかったというのも不思議だ。

さらに金魚売の場合、これは鏡に映った外界ではなくまさに理髪店を出たときにみた外界それ自体の光景なのだが、ただ金魚売りは桶の中の金魚をじっと凝視したまま、「騒しい往来の活動には殆ど心を留めてゐない」。もちろん前に立った「自分」には目を向けるはずもない。

## 金勘定というペネロペの仕事

ここらあたりがこの夢の難解さかと思う。百という数字はいわば『夢十夜』のキー・ワードともいうべきものだが、百枚の紙幣を際限なく反復する行為は明らかに偏執を感じさせずにはおかない。金魚売りが金魚を見ていっさい周囲を気にかけないのも、偏執的だ。この紙幣を際限なく数える行為にギリシャ神話のペネロペの仕事を見る研究者もいる（笹渕友一）。なるほど、百枚の札を際限もなく繰り返す行為は、ペネロペが求愛者を拒否する為、織った機を、織っては解き、解いては織る行為と同じといえる。ところでこの言葉は『道草』では人間存在の不条理性を表すものとして使われている。その点では『道草』では極めて重要な意味を持たされているわけだが、この夢ではこのペネロペ的行為はどのような意味を持たされているのか。

ここで帳場とか十円札について考えて見たい。というのも、『夢十夜』を通じてこれらがもっとも現実的なイメージであり、さらに十円札こそもっとも現実的なイメージにほかならない。しかも十円札を数える女ときては、浪漫的な夢一切への否定にほかならず、近代の極めて散文的な世界の赤裸の姿ということになろう。ペネロペは夫オデュッセウスを待つという目的のもとに、やむを得ずその行為を行ったわけだが、帳場の女はそれが不条理の行為ともしらず、むしろそれに情熱を傾けている。ここには漱石の近代批判が顔をだしているというべきだろう。既に、この夢ではさりげない形で、近代化批判が現れていた。自転車と人力車との衝突である。しかもそれは、部分的にしか見えない。ただ「危険《あぶねえ》」という声だけはきこえた。この危ないという叫びの中に近代の危うさへの警告もまた含まれている。その余韻が帳場の十円札を数える女の幻影として現れたのではないか。帳場とはまさしく金勘定の場だ。フランス語でいえば compter する場所 comptoir だし、英語でいえば count する場所 counter だ。それにしても女が金勘定に余念がないというのは何ら不思議はないはずだが、鏡に映っていたのが振り返るといないというのが妙だ。とすれば幼少の頃見た札勘定に余念のない女がよみがえってきたと考えるしかないだろう。

十円札を何回数えても飽きない女、結局漱石が言いたかったのは、金によって翻弄される近代というものの危うさではなかったかと思う。一切が金に変換され、金という極めて抽象的なものに換算される人間生活とは、まさしくペネロペの労動に他ならないが、しかし人々はそのような労働の不条理性については、盲目だ。漱石が危ういと感じるのはそこだ。

危ういという流れからすれば、金魚売りについても同じことが言えるのではないか。金魚に見入る男は、外界の動きには全く無関心を示している。これまたシャロットの女のごとく危ういのではないか。

シャロットの女というのは「薤露行」の「二　鏡」の主人公である。ひとり高き台《うてな》の中に住み鏡にうつる世界だけを見て暮らす。夜毎日毎に鏡のそばに坐って繒《はた》を織る。シャロットの女が窓から外を眺めるときはシャロットの女に呪いがかかるという。女は鏡に写る情景を繒に織った。やがて騎士ランスロットがさっそうと鏡の中にあらわれたとき、彼女は窓によって顔を半ば世の中に突き出す。

「ぴちりと音がして皓々たる鏡は忽ち真二つに割れる。割れたる面は再びぴち〳〵と氷を砕くが如く粉微塵になつて室の中に飛ぶ。」*1

## 「白い男」は漱石自身

ところで白い男が、「鏡に映る影を一つ残らず見る積りで目を睜つてゐたが」黒い毛の飛んでくるのに恐ろしくなって目を閉じた自分に、表の金魚売りを見たかと聞くのは一体なんだろう。理髪師の彼はいわば自分の見る最後の情景を暗示したものともとれる。『夢十夜』では自分の心を見通す、或いは自分の辿ることになる運命を予言するかのごとき言葉を発する人物がいろいろ出てくる。この白い男もその様な人物なのだろう。だからかれは自分の外界観察をも妨害する。自転車と人力を見ようとしたとき、自分の頭を横におしさげるのもそのためだろう。白い男は単に自分の頭の調髪をするだけではない。自分のこころを読み、干渉してきているようだ。「鏡に映る影を一つ残らず見る積りで目を睜つてゐた」自分は白い男が鋏を鳴らすたびに飛んでくる黒い毛におそれをなして目をとじるのだが、それはまるで自分を非難するようにも見える。白い男が金魚売りのことをいうのはそのときだ。そのときまで一言も口を聞かなかった白い男が突然そんなことを問いかける。そしてその言葉が実現する。その言葉にはなにかしら、詰問のような調子はないだろうか。男はその言葉と。頭をあらいましょうという言葉しか話さない。白い男はまるで窓越しに見える外界すべてをみようという自分の気持ちを押しつぶすがごとく自分の見ることを邪魔するのだ。それにしても、なぜ自分は鏡の中の外界を全て見ようとするのだろうか。いわば膨れ上がった好奇心とでもいうべきか。鏡のなかの影に病むシャロットの女は外界に顔を出すことによって破滅する。鏡のなかを見入ることとの危うさがそこにある。「あぶねえ」という叫びはそのような自分の偏執に対する警告でもあった。『草枕』でも床屋の場面があるが、そこでも画工は再度親方に「危険《あぶねえ》」と言われている。内容は違うが、漱石には好奇心の無意識の発動のなかに危うさを感知する意識があった。

自分が窓という枠のなかにみる映像は三段階において変化している。最初は映像として時間的空間的にその枠が捕らえきれない映像が自分の好奇心を強く刺激する。ついで目を閉じて「危険《あぶねえ》」という声に覚まされたときは、自転車と人力が瞬間的に見えて消え、男が耳のところを刈りだしてからは、音だけになる。それは粟餅屋の杵のおとだが、その映像は一切出て来ない。しかも粟餅屋は小さいとき見ただけだという。つまり自分はこの夢の展開のなかでは、過去の中に入ってゆくのだ。帳場格子に女の人の映像を見るのも幼時の思い出への還帰であるし、表の金魚売りにおいて完全に幼時に入り込んだといえるのではないか。

ここで自分が鏡に映る影を一つ残らず見ようとすることと、白い男の言葉について改めて考えてみたい。まずは補助線として『薤露行』のシャロットの女を見てみたい。シャロットの女は塔のうえで鏡に終日向かっている。そして機を織る。鏡の中に次から次へと映る映像がいわば彼女の人生だ。もし見ることを止めて、窓から顔を出せば呪いがかかる。そしてランスロットが鏡の中に現れ、窓に寄ったとき、鏡は縦横に罅が入り砕け、彼女も死ぬ。考えて見れば鏡のなかの映像はいくら残らず見たとしても所詮狭いものでしかない。その狭いものを現実と見做すことは、全く危うい事であるに違いない。真の現実に触れたとき鏡が砕けることは結局仮象の崩壊に他ならない。

これがテニソンの詩 The Lady of Shalott から取られていることはよく知られている。「シャロットの女」は所詮現実の愛のなかに生きることは許されない。高い塔の中で、鏡のなかの影によってのみ織り上げる美とは所詮現実を離れた美ということになるだろう。『草枕』の画工をのちに漱石は批判する。白い男とはそのような漱石自身ではないだろうか。少しも動かない金魚売りとは自分の美学のなかにはまり込んでしまった自分ではないか。こうしてこの夢は、やはり観照的な美に生きる若い世代への風刺を盛った第十夜の夢を導き出してゆくことになる。

## 寺田寅彦の「反映」と第八夜

ところでここで、漱石のこの夢のあたかも種本となっているごとき作品を紹介したい。寺田寅彦の「反映」と題された断片だ。明治三十五年高知と記されている。この断片は一九五〇年版の岩波書店発行の『寺田寅彦全集　文學篇　第六巻』（一九九六年版によれば一三巻）に収録されているが、「後記」によればすべて未発表の草稿や雑記帳のなかの短章である。「反映」は十九ばかりの断片が収録されているうちのひとつ、十四と云う番号のものだ。七から十五までの断片は、扉に「詩歌艸稿」と題され、和綴罫紙本に書かれているという。高知とあるのは高知県須崎のことで当時寅彦は病気療養中だった。従って公開されたものではないので漱石がそれを読んだかどうかは不明だが、内容からいって漱石が、第八夜の夢を書くにあたって、どうもそれを踏まえているという事は間違いのないことだろうと思う。元来ならそのまま引用したいところだが、煩瑣にわたると思うので要約しつつ、部分的に引用したい。「反映」という題は、床屋に行って、散髪してもらいながら、目の前の鏡に映る映像を眺めるというところから来ている。

「スグ刈つて貰へますか」といって「余」は床屋に入り、「大姿見の前の金魚鉢と碁盤の側へ」腰かける。尺八を持った若い男がいて、イラッシャイという。奥で縫い物をしていた藪にらみの主婦らしいのが、「只今スグ…」といって主人を呼びに行った。主人が間もなく手に小さな玉網を持って、戻ってくる。金魚の餌のぼうふりらしい。泥の臭いがぷんと鼻をつく。「御待遠様。ドーカコチラへ」主人の言葉は丁寧だが、目に凄みのある二十四ぐらいの男。「五分にしてください」といって椅子に寄る。「店の割には白の掛布は清潔だ」と「余」は思う。主人は鋏をつかいながら藪殿（主婦のこと）にぼうふりの注意を与える。金魚学の講義を始める。「余」の頭は首筋からてっぺんにかかったので、「首を上げて鏡を見ると真中に鬢《びん》の無い百日鬘を着た様な変手古な顔がある。」これは自分だが、その向うに見えるのが主人だといった具合につぎつぎにそこに見える対象を描写する。

「其向ふに忙しさうにチョキチョキやつて居るのが無論主人で、其向ふが○町の往来である。其往来の向側に軒の低い藁葺のくすぶつた茶店がある。屋根を突抜いて生えた大きな柳の枝が青々と垂れた下に腰かけが二つ三つ並べられて、二三人近郷から来たらしいのが、尻端折った儘腰をかけて餅を食つてるのもあり茶を呑んでゐるのもある。薄暗い隅の方から白髪の媼の顔と、萎びた腕がヌット出て禿盆にのせた茶を差出した。見てゐる内、鋏は前頭部へかゝつたので顔へバラバラと来るから目をふさいでしまつた。」

このあと主人と尺八男の会話があり、「余」は目を開ける。その時、「丁度左のはづれに大きな丸髷と白い首筋と紺がすりの単衣と紫繻子の帯とがちらりとしてすぐ消えてしまつた。」主人と尺八男はどうやらその女の噂をしているらしい。「余」の眼と主人の眼が鏡の中で出会って、「余」は慌てて目をそらす。向かいの柳の茶店には中老年だけがパクついているだけ。これは目をパチパチする癖がある。「余」の頭は終わり主人は顔をそりだす。いつの間にか店口に十七八の美しい娘が現れている。

尺八男は尺八を吹く。剃刀も終わり、洗面も済んで立ち上がった時には娘はいなかった。藪にらみの主婦は依然として無言でぼうふりを洗っていた。

いかにも飄々たる写生文で面白いが、寅彦は結びにこんな言葉を付け加えている。

「帰る道すがら、涼しい頸筋を撫でつゝ、余はこんな事を考へた。床屋の世間話しを聞きながら姿見の中へ走馬燈の様に映つてゆく人生を見て居ると、丁度自分が別の世界に居て四角な穴から此世をのぞいて居る様で、鏡の中の人物は自分等の過去現在未来の反映である様な心地もする。」

漱石の第八夜と寅彦のこの「反映」という断片を比べて見ると、漱石が実によくその話の要所要所を捉えて利用しているかがわかる。寅彦の具体的で綿密な叙述は、漱石ではそぎ落とされて、語り手の覗く鏡の中の世界の描写に限定されてくる。床屋の内部の叙述も、寅彦では、尺八をふく男、ぼうふりを洗う藪にらみの主婦、そこに現れた美しい娘、さらに主人と尺八男の間に交わされる会話と多彩だが、漱石の場合は叙述は主人ひとりに集中し、しかも主人は白衣を着て、ほとんど口を利かない。ひと言、「金魚売りを見たか」だけであり、そのため主人の存在はなにかしら畏怖的なものが漂うことになる。この畏怖的なものとは、地上的なものと云うよりは、なにかしら自分を超えて自分を支配するなにかである。そこに夢の領分があるといえるだろう。人間は自分の夢を支配するなどはできない。夢が人間に圧迫を与えるのもそのためだ。

一般的にいって、床屋というものが、お客にとって一時その身を預ける以上、なにかしら圧迫的存在であるといえる。その間の機微を描いたのが直哉の「剃刀」であることはよく知られている。客は、散髪の間、散髪師に一切を委ねなければならない。しかも委ねるのは、頭だ。そこに圧迫を感ずる理由がある。寅彦の文にも、それを示す叙述はある。「目に凄みのある」などがそれだが、その場合はどこまでも現実的な描写にとどまる。漱石ではそうした現実性が消され、かわりに畏怖性が現れて来る。主人はまるで自分の心理を見通しているかのように感じられる。無言でしかも白衣ということは畏怖性を端的にあらわすものといえよう。考えてみると、医者も白衣をまとう。それは衛生上ということもあろうが、医者もやはり患者に対しては生殺与奪の権を有しているのであって、白衣はその表現でもあるのではないか。白はまた死の色でもあるが、白装束が畏怖的なのは彼岸を想像させるからだろうか。漱石は床屋の主人を「白い男」という呼び方でくりかえす。「白い男」は自分の判者のようにも思われてくる。さらに店内には数人の理髪師がいるはずだが、それらは寅彦の断片の場合と異なってまったく男の印象だけが店内を占める。さらに、女が現れて二度目に見たとき消えているというのはおなじだが、漱石の場合現れたのは鏡の中であり、しかも札を数えている、それも何回数えても百枚というところにさり気ない怪異があるといってよいかと思う。この行為をペネロペの仕事と考えることもできるかもしれないが、しかしペネロペの場合は夫を待って、求婚者を退けるという目的があった。しかしこの行為は単に繰り返されるに過ぎない。その行為はまったく前後の関係なくそこに置かれているに過ぎない。ただそこから出てくるのは、札を繰り返し数えるという偏執である。意味の不明な偏執は不気味ではないだろうか。怪異は結末において完成する。表に出て金魚売りを見るが、金魚売りは金魚を凝視したまま動かない。周囲は動いているなかで金魚売りは動かない。寅彦は結末において床屋での体験にひとつの感懐を与えたが、その感懐はどこまでも現実に覚醒したものとしての感懐である。しかし漱石においてはそれは非現実と化している。そこでそれは寅彦の解釈とは異なったある諷喩的な意味を帯びることになるだろう。最後のこのイメージは鏡を覗く、それも枠づけられた、しかも次々と変わる外界の一部に見入ることの行為の意味をあらわすのだろう。

ところで見るということは、言い換えれば好奇心の問題と関わるだろう。この夢の語りでははっきりその点が意識されている。イメージが部分的に示されることで、好奇心はより刺激される。好奇心は人間にとって、知識を拡大し深化させるうえで、極めて貴重な衝動といえるが、しかしこの場合のように限定された部分によってひきおこされた好奇心は決して望ましいものとはいえないだろう。このような好奇心は徒に精神をかき乱し、結局そこに安住しているときはよいが、なんら人間的達成に寄与するものはないだろう。やはり好奇心が真にその効果を発揮するのは、受動的な態度ではなく、主体的に関心が選び取られた時ではないだろうか。そのよい例はレオナルド・ダ・ヴィンチの場合で、好奇心は恐るべき段階に達しているが、それはレオナルドの世界・宇宙に対する積極的な主体的な問題提起によって発動されたものだ。結局受け身の、自己満足的な、狭い世界の中にあってなされる好奇心の発動は、朝日の前の露にすぎなくはかなく消えてしまうものだ。テニスンの「シャロットの女」はそのことの美しい隠喩といえるだろう。

「動かない金魚売り」とは受け身の世界観照に生きて、創造性を失った芸術家の隠喩に他ならない。『夢十夜』はひそかに芸術論をも内包している。それは『草枕』がそれ自体芸術論であるように。第八夜に仕掛けられた芸術論はそれ以前の夢の問題性を受け継ぎながら、第十夜の芸術論へとつながり完成してゆくことになる。

＊1　『漱石全集』二（岩波書店、一九九四年一月）一五八頁

# 第九夜

# 闇からのメッセージ

「ハムレットと父王の幽霊」
“Cassell's Illustrated Shakespeare, Cassell and Company, LTD,
London, Newyork, Toronto and Melbourne” の挿絵から

## 第九夜

世の中が何となくざわつき始めた。今にも戦争が起りさうに見える。焼け出された裸馬が、夜昼となく、屋敷の周囲を暴れ廻ると、それを夜昼となく足軽共が犇きながら追掛けてゐる様な心持がする。それでゐて家のうちは森として静かである。

家には若い母と三つになる子供がゐる。父は何処かへ行つた。父が何処かへ行つたのは、月の出てゐない夜中であつた。床の上で草鞋を穿いて、黒い頭巾を被つて、勝手口から出て行つた。其の時母の持つてゐた雪洞の灯が暗い闇に細長く射して、生垣の手前にある古い檜を照した。

父はそれ限帰つて来なかつた。母は毎日三つになる子供に「御父様は」と聞いてゐる。子供は何とも云はなかつた。しばらくしてから「あつち」と答へる様になつた。母が「何時御帰り」と聞いても矢張り「あつち」と答へて笑つてゐた。其時は母も笑つた。さうして「今に御帰り」と云ふ言葉を何遍となく繰返して教へた。けれども子供は「今に」丈を覚えたのみである。時々は「御父様は何処」と聞かれて「今に」と答へる事もあつた。

夜になつて、四隣が静まると、母は帯を締め直して、鮫鞘の短刀を帯の間へ差して、子供を細帯で脊中へ脊負つて、そつと潜りから出て行く。母はいつでも草履を履いてゐた。子供は此の草履の音を聞きながら母の脊中で寝て仕舞ふ事もあつた。

土塀の続いてゐる屋敷町を西へ下つて、だら〳〵坂を降り尽すと、大きな銀杏がある。此の銀杏を目標に右に切れると、一丁許り奥に石の鳥居がある。片側は田圃で、片側は熊笹ばかりの中を鳥居迄来て、それを潜り抜けると、暗い杉の木立になる。それから十二間許り敷石伝ひに突き当ると、古い拝殿の階段の下に出る。鼠色に洗ひ出された賽銭箱の上に、大きな鈴の紐がぶら下つて昼間見ると、其の鈴の傍に八幡宮と云ふ額が懸つてゐる。八の字が、鳩が二羽向ひあつた様な書体に出来てゐるのが面白い。其の外にも色々の額がある。大抵は家中のもの、射抜いた金的を、射抜いたものの名前に添へたのが多い。偶には太刀を納めたのもある。

鳥居を潜ると杉の梢で何時でも梟が鳴いてゐる。さうして冷飯草履の音がぴちやぴちやする。それが拝殿の前で已むと、母は先づ鈴を鳴らして置いて、直にしやがんで柏手を打つ。大抵は此の時梟が急に鳴かなくなる。それから母は一心不乱に夫の無事を祈る。母の考へでは、夫が侍であるから、弓矢の神の八幡へ、かうやつて是非のない願を掛けたら、よもや聴かれぬ道理はなからうと一図に思ひ詰めて居る。

子供は能く此の鈴の音で眼を覚まして、四辺を見ると真暗だものだから、急に脊中で泣き出す事がある。其の時母は口の内で何か祈りながら、脊を振つてあやさうとする。すると旨く泣き已む事もある。又益烈しく泣き立てる事もある。いづれにしても母は容易に立たない。

一通り夫の身の上を祈つて仕舞ふと、今度は細帯を解いて、脊中の子を摺り卸ろすやうに、脊中から前へ廻して、両手に抱きながら拝殿を上つて行つて、「好い子だから、少しの間、待つて御出よ」と屹度自分の頬を子供の頬へ擦り附ける。さうして細帯を長くして、子供を縛つて置いて、其の片端を拝殿の欄干に括り附ける。それから段々を下りて来て二十間の敷石を往つたり来たり御百度を踏む。

拝殿に括りつけられた子は、暗闇の中で、細帯の丈のゆるす限り、広縁の上を這ひ廻つてゐる。さう云ふ時は母に取つて、甚だ楽な夜である。けれども縛つた子にひいひい泣かれると、母は気が気でない。御百度の足が非常に早くなる。大変息が切れる。仕方のない時は、中途で拝殿へ上つて来て、色々すかして置いて、又御百度を踏み直す事もある。

かう云ふ風に、幾晩となく母が気を揉んで、夜の目も寝ずに心配してゐた父は、とくの昔に浪士の為に殺されてゐたのである。

こんな悲しい話を、夢の中で母から聞ゐた。

## 再構成された母の語り

夢としての感触は他の夢と比べて、異なったものがあるといわざるを得ないだろう。異なったもの、それは何よりも語りの有している現実的な感触とでもいうべきものだ。この夢には、他の夢に存在する謎めいたディテイル、叙述はほとんどない。というのも基本的には母親の語りだからであろう。その語りは、夫の帰りを待つ妻の（恐らく若妻の）一心不乱の祈願を表現することに焦点を合わせているという点で見事に調整されている。もっとも、母親の語りといっても叙述するのは最後に出てくる「私」であり、厳密に言えば、母が夢の中で語ったものを私が語っているということになる。従って、母の語りがどの部分かは必ずしも明瞭ではない。というよりは、核心部分は母の語りによりつつ、それを「私」が再構成したというべきだろう。核心部分とは先に述べた感触にかかわるものだが、その部分の表出を中心に「私」が「私」の語りを語っているということになる。この語りが「私」の経験をまじえてどうやら再構成されているのではないかと思う。例えば、八幡宮の額に関する叙述など、これは決して母の語りにはなかったはずのものだ。「八の字が、鳩が二羽向かひあつた様な書体にできてゐるのが面白い」といった観察はいかにも印象的だが、子供のナイーヴな感受性を感じさせるこの観察はやはり「私」のものだろう。同じことは、他の額についてもいえることだ。「大抵は家中のもの丶射抜いた金的を、射抜いたものの名前に添へたのが多い」。こうした叙述を読むと、誰しも昼間森閑たる境内で古びたさまざまな奉額を見上げる気持ちのまざまざと蘇えるのを覚えるに違いない。それは一種落着いた静かな情調だ。それはむしろ醒めた意識のものであり、決して、夢の感触といったものではあるまい。この物語の中心は言うまでもなく母のお百度詣りだが闇の中で行なわれるその行為の叙述も、このような昼間との対比のもとでなされているとすれば、決して第三夜の闇のごとき夢魔的空間を形成はしない。むしろ健気な一人の妻の物語として難なく読め、そして明快だ。そこで多くの評者・研究者は読み取った所のものから、直ちにさまざまな解釈を下すことになる。というのも、一見明快そうに見えるこの語りにも、ある謎が仕掛けられているということであり、この夢の解読の核心は、その謎の中に置かれているのではないか、従って、まずはその謎にこだわる必要があるのではないか、ということだ。

## 明快さの陰に潜む謎

謎、それは、なぜこの哀憐に満ちた物語が「夢の中」で「母から聞いた」として、夢の中に一挙に押し戻される必要があったのか、ということだ。謎は、別に夢仕立てにしなくても充分語りとして美しい自立したものを、夢の中の語りとしたという点だけではなく、この語りの、これまでにふれた『夢十夜』の他の夢とは異質的感触を有しているにもかかわらず、夢の中に置かれたという点にむしろかかわる。

『夢十夜』は後半になると次第に現実的感触を強めてゆくのであって、特に第八夜・第十夜ではもはや夢という断り書きは出て来ない。とはいえ、これらの夢では現実はより自由に解体され再構成されて奇妙に謎めいた空間を作っているという点ではなお夢的空間はそこに続いているといえるが、そうした謎めいた空間を有しない第九夜が、最後に一挙に夢の中に押し戻される、考えて見ればこれは奇妙なことではないか。いわば語りの極めて現実的な味わいと、この夢の設定、この乖離をどう考えるか。僕の第九夜論の出発点はここにある、とまず言っておこう。

端的に言おう。夢のなかでの母の語りとは、闇からのメッセージというものではないか。夢とは無限の無意識の領域から発する声だとすれば、母の語りは、稲妻のごとく闇を引き裂き、暗黒の過去を一瞬「私」に開示してみせた一閃のメッセージではないか。「私」は彼自身の意識においては蔽われていた過去をそこに明らかに眺めることになる。「私」が母の語りを「悲しい話」と感じたのも、単に母の話の内容が悲しいだけだったからではない。夢の中での母親（恐らくは死んだ）との対面は既に悲しい何かでなければなるまい。そこにおいてわれわれのうちに強く蘇えるのは母の愛というものだろうが、その愛は同時に悲しみに伴われたものであるはずだ。ところで、夢の中での母の語りは、「私」にその過去の闇を歴々と照らし出したということなのだが、そのメッセージはそうした開示によって何を告げようというのか。ここに核心的な問題が潜むのだが、それを考える前に、第九夜の文学的空間としての特色、つまりそこを領する静けさと闇について構造的に考えてみたい。

## 第九夜を領する静けさ、そして闇

夢の文学空間の特質としての静けさや闇は他の夢にも見出すことが出来る。例えば静けさは第一夜あるいは第二夜に、闇は第三夜にという具合にだ。しかし、第一夜、第二夜、第三夜の静けさ、闇がいかにも夢の世界にふさわしい異空間の味わいを有しているとすれば、第九夜にはそうした異空間性はない。第九夜は静けさと闇の双方を有することを特徴としていることが、他の夢との違いだが、同時にそれは、明治維新前後の武家屋敷を領していた静けさ、闇だ。既に触れたことでもあるが、いわば現実的な静けさであり闇である。現実的な静けさとは、例えば第九夜冒頭に示されたごとき外界との対比によって強調される静けさであり、闇とは月とか、あるいは昼間といったものとの対比による闇である。昼間見た額の叙述の日常感覚の延長線上に来る闇である。そういう意味では、第一夜、第二夜の静けさ、第三夜の闇の有するメタフォリカルな味わいはないといえるかもしれない。しかし、静けさと闇の構造的反復は、おのずとこの語りにそうした意味を加えることになるだろうと思う。静けさと闇は実にこのテクストを貫く赤い糸なのだ。外界の騒擾によって際立つ屋敷内の静けさ、深夜闇の中に消えてゆく父、深夜八幡宮に御百度詣りをしにゆく道行、そして境内の静けさと闇、さらに背負われた子供を取り囲む闇。反復によってそれらは意味を与えられることになるだろう。いいかえれば、歴史的に限定された時空は、伸びいわば一種のメタフィジカルな時空へと拡大される。

単純な物語が夢空間へ転換される契機がそこに潜むのかもしれない。ここで示される闇は、人間存在を包む闇、静けさとは闇の沈黙、やや大袈裟にいえば、パスカルのパンセの一句「宇宙の無限の沈黙は私を畏怖させる」の「沈黙」に通うものといえる。パスカルは神の不在を前提とした場合、人間は宇宙の無限の沈黙のなかに放り出されて、恐るべき孤独の中に置かれているという人間存在の条件をそこで指摘しているわけだが、この第九夜での静けさと闇の反復からあぶりだされてくるのも、それと似た条件といえる。しかしここでは、パスカルの宇宙にかわり、闇とは人間をその意志如何にかかわらす拉し去るものとしての何か得体の知れない大きなもの、それを運命といい、あるいは天と言い換えてもいいが、そうした巨大なもの、しかも人間を翻弄するものとして畏怖的なあるものの存在に他ならない。端的に言えば、静けさと闇とは漱石生涯の課題たる〈運命のアイロニー〉のメタファーなのだ。

このような暗黒の沈黙の前に人間の努力はいかに小さいものか。「雪洞の灯」は「暗い闇」を「細長く射」すに過ぎない。それは「生垣の手前にある古い檜を照し」そこで止まる。その先に拡がる闇とは父の姿がそこに消えていった未来の闇だ。「雪洞の灯」が有限だとすればそれは無限に拡大してゆく闇だ。母の行く八幡宮に至る道行、またそこを囲む闇も父の去っていった闇に続く闇だ。母が「一心不乱」の祈願を投げ、或いは御百度を踏んで必死の願いを、しかし空しくかけるのはその闇に向かってだ。

さてここであまり注意を払われることのないもう一つの闇の存在に眼を向けたい。それは背負われた子供を取り囲む二重の闇のことだ。現実の闇と同時にいわば無知の闇とも言うべきもの。しかも子供は彼自身選んだわけではないその闇を運ばれてゆくのだ。子供には母の背に負われて八幡宮詣でに行く意味が解るはずもない。母の御百度を踏む間中闇の拝殿の欄干に括られているが、時に「ひいひい」泣いては母を困らせる。子に母の心が伝わるはずもないのだ。

## 外界からのメッセージの欠如

一方で静けさとは聴覚世界における闇、それは外界からのメッセージの欠如といえる。冒頭外界世界の騒擾と家の内の静けさが対比的に述べられるのは単に静けさの強調のみではない。それは家にメッセージが届かないことの意味でもある。何か外界で激しい変化が起きている様子があるにもかかわらず家には伝わらない。ここにおいて静けさには畏怖が伴うだろう。外界に大きな変動が起きているという予感を伴う静けさとは安固たるものではない。そしてこのことは深夜の八幡宮詣でについてもいえる。森々たる静けさと闇の霊域は畏怖的なるもの以外のなにものでもない。母は必死な祈りを捧げるが、静寂と闇は何も語らない。にもかかわらず、彼女の運命は大きく決定されていた。彼女の祈りの彼方で彼女の生涯を根底から揺さぶる激動が起こっていた。江藤淳のいう「裏切られた期待」というだけでは不十分な、人間のもっとも美しいものを蹂躙する闇の嘲弄、悪意のごときものが存在しているとさえいえる。ここに運命のアイロニーが姿を現している。

ところで運命のアイロニーへの対し方において父・母・子の対応はそれぞれ異なるかと思う。官の武士たる父が人間の「裸馬」ともいうべき浪士に殺されるのも運命の逆転といえるが、父は死の覚悟をもってそれに立ち向かった。(「床の上で草鞋を穿いて」はその意味だろう)又母は、ともあれ「一心不乱」によってそれを超えようとしていた。それに対して二つの闇のなかを運ばれる子供は、ただただ運ばれるだけだ。ところでこの自覚されない盲目性ほど危ういものはないのではないか。

このいずこに向かって運ばれてゆくか判らないという存在の盲目性については、第七夜と共通するものがありそうだが、第七夜の「私」にはそのことがすくなくとも意識されているのに対して、第九夜の「子」は二重の闇に閉じ込められている以上、より存在の盲目性は深く、しかもその運命は彼の意識のとどかない闇の彼方で決定されてしまっている。

さて、以上のように考えてくると、先に提出した疑問、この物語がなぜ最後に一挙に夢へと押し戻されることになるかが明らかになるように思う。すなわち、この闇からのメッセージという設定は、「私」に対しての、運命のアイロニカルな翻弄の前に置かれた存在の盲目性の危うさの開示であり、警告でもあったということだ。

## 闇からのメッセージ

この闇からのメッセージは実は彼自身の無意識からやってきたものかもしれない。幼い無意識に母が幾度となく語った語りが、無意識の奥に眠っていたものの蘇えりかもしれないが、その語りは夢の語りであるがゆえに、重く深い感触によって私を捉えることになるだろう。

闇からのメッセージとして想起されるのは、『ハムレット』における父王ハムレットの亡霊の語りだ。深夜人のいない城壁の上でなされる父王の驚くべき真相の告知は、同時に復讐を求めるものでもあった。ハムレットの心の中に復讐の念が深く根ざすことになるが、それというのもあの世からのメッセージということによるのだろう。

さて第九夜の場合、真実の開示だけに止まって、母の語りにはそれ以上もとめるところはない。しかし愛情と悲しみに満ちた夢の語りは、深く「私」の心を捉え、それと同時に人間を翻弄しているかに見える、運命への対決を当然考えさせるに至るだろう。運命に挑戦するのか。あるいはそれを呪詛するのか。それとも超越するのか。夢というもののもたらす、深く重い衝迫はそうしたさまざまな模索を試みさせるに違いない。

ハムレットは復讐に先立ち、父王の言葉の真偽を確かめるために、劇をもってしたが、第九夜の作者は、以後の具体的な作品の展開によってその課題を生きることになる。その課題とは、運命あるいは天といった人間を超えたものと、人間存在の盲目性のかかわりをどうかんがえてゆくかということだ。

第九夜を一つのキー作品として以後の作品群を照射してみた場合、それらの基本構造にそれがいかに変換されて組み込まれているかを見ることが出来る。端的な例は、『思ひ出す事など』だろう。いわゆる修善寺の大患を素材とするこの作品は、三十分間の意識の死、いわば意識の闇を中心に生死のもっとも重大な局面の推移を扱ったものだ。意識の届かない領域で展開された生死の交代劇、これほど畏怖的な運命の衝迫はない。この作品はそれをいかに受け止めるかという抗いの軌跡を記したものだ。第九夜で母に負われた子は、ここでは現実の意識の闇をよぎってゆく。そのことを後で告知された私は、自己の意識の闇の上の恐るべき運命の轍の通過に戦慄するが、しかし、彼はそれを畏怖的のものとのみ捉えない。思いがけず訪れた精神の平安に、運命を見返す視点を見出す。

どこに連れてゆかれるか判らない人間存在の盲目性、『心』の先生の遺書の最初に描かれるのもそうしたものだ。先生は「腸窒扶斯《ちふす》」という突然の運命の転変によって両親を失い、伯父に世話になる。先生は疑うことを知らない無垢の心の持ち主だったのが逆に災いして伯父のため財産を奪われることになる。いわば無垢の信頼の背後の闇で先生の生活は大きく危険にさらされていたということになる。この無垢の信頼という人間の美徳を逆手にとった運命の衝迫を先生は人間全般にたいする不信という形での復讐によって切り返す。しかし、先生のこの復讐の念は、逆に先生自身に跳ね返り、先生は自己破滅の道を辿ることになるだろう。

『明暗』においても主人公の津田は清子に突然愛を拒否されてしまう。その何故かが彼の固定観念となり、それを解くことが『明暗』の主題になるわけだが、周知のようにこの主題の根底には次のような津田の認識がある。

「此肉体はいつ何時どんな変に会はないとも限らない。それどころか、今現に何んな変が此肉体のうちにおこりつゝあるかも知れない。さうして自分は全く知らずにいる。恐ろしい事だ」

津田はさらに精神界においても全く同じこと、「何時どう変るか分からない」と心の中に叫び、「恰も自尊心を傷つけられた人のやうな眼を彼の周囲に向け」るのだ。『心』にせよ、『明暗』にせよ、主人公は自分の無知の闇において展開される運命の支配に挑戦的に立ち向かっている。ここには、『思ひ出す事など』にみられる運命の支配を逆手にとって、そのもたらす魂の平安を恵福《ブリス》ととる視点はない。

## 運命を見返すもの

しかし改めてここで第九夜を見てみるならば、実はそうした運命のアイロニカルな支配を見返すものが仕掛けられていることに気づく。それは母子の間に流露する無垢の愛の存在である。この点については竹盛天雄氏に次のような指摘がある。

「この『悲しい話』の母子の嘗める辛苦は、すでに見たとおりであるが、しかしそこには、共に耐える者のある親密な感情の漂っているのを否定できない。「子供」の恐れや不安はたしかにそれとして描かれているが、しかしそれは、最終的には母親との共棲によって救われているのではないか、という印象を打ち消しがたいのである」（傍点原著者）*1

竹盛氏はこのあと、「その向うの父親の死は、母子の親密な感情の代償または懲罰」という視点を提示して、第九夜に「内なる罪の意識」の所在を指摘しており、この点は筆者の考えとは全く異なるのだが、母子の親愛に一種の救いを見ている点では同感である。だが筆者としてはそこに、罪の所在をみるよりは、運命のアイロニーも手を下しえない親愛の流露、通常の世界には見られない存在のオアシスを見たいと思うのだ。

第九夜は以上見てきたように、以後の作品の基底に組み込まれてゆくという意味で他の夢に比していいわば射程距離の長い夢といえるが、同じように射程距離の大きい夢である第三夜と比べて見たい。存在の盲目性が闇からのメッセージによって告知されるという共通点に着目してみたらどうなるか。第三夜では闇からの告知者は過去の罪、百年前自分が犯した殺人を暴くことで私を決定的に断罪する。それに対して、第九夜のそれは無知の闇に置かれていることの危うさを知らせる愛情ある警告といえる。しかし、この無知の闇は必ずしも、この第九夜におけるように外部の世界のもたらす変だけとは限られない。先の『明暗』の津田の言葉にも伺われるように、自分のなかの闇、自分の心の闇に由来する変こそ、より恐るべきものかもしれない。とすればこの二つの夢は、相互に響きあいながら、漱石文学のもっとも深い底流としてその文学創造の営みにかかわるものだったといえる。



＊1　竹盛天雄「イロニーと天探女（続）」（坂本育雄編『夏目漱石『夢十夜』作品論集成Ⅱ』大空社、一九九六年六月）二六〇頁

# 第十夜

# 寓話として読んでみる

ブリトン・リヴィエア「ガダラの豚の奇跡」一八八三

## 第十夜

庄太郎が女に攫はれてから七日目の晩にふらりと帰つて来て、急に熱が出てどつと、床に就いてゐると云つて健さんが知らせに来た。

庄太郎は町内一の好男子で、至極善良な正直者である。たゞ一つの道楽がある。パナマの帽子を被つて、夕方になると水菓子屋の店先へ腰をかけて、往来の女の顔を眺めてゐる。さうして頻に感心してゐる。其の外には是と云ふ程の特色もない。

あまり女が通らない時は、往来を見ないで水菓子を見てゐる。水菓子には色々ある。水蜜桃や、林檎や、枇杷やバナヽを奇麗に籠に盛つて、すぐ見舞物に持つて行ける様に二列に並べてある。庄太郎は此の籠を見ては奇麗だと云つてゐる。商売をするなら水菓子屋に限ると云つてゐる。其の癖自分はパナマの帽子を被つてぶら〳〵遊んでゐる。

此の色がいゝと云つて、夏蜜柑抔を品評する事もある。けれども、曾て銭を出して水菓子を買つた事がない。只では無論食はない。色許り賞めて居る。

ある夕方一人の女が、不意に店先に立つた。身分のある人と見えて立派な服装をしてゐる。其の着物の色がひどく庄太郎の気に入つた。其の上庄太郎は大変女の顔に感心して仕舞つた。そこで大事なパナマの帽子を脱つて丁寧に挨拶をしたら、女は籠詰の一番多きいのを指して、是を下さいと云ふんで、庄太郎はすぐ其の籠を取つて渡した。すると女はそれを一寸提げて見て、大変重い事と云つた。

庄太郎は元来閑人の上に、頗る気作な男だから、ではお宅迄持つて参りませうと云つて、女と一所に水菓子屋を出た。それぎり帰つて来なかつた。

如何な庄太郎でも、余まり呑気過ぎる。只事ぢや無からうと云つて、親類や友達が騒ぎ出して居ると、七日目の晩になつて、ふらりと帰つて来た。そこで大勢寄つてたかつて、庄さん何処へ行つてゐたんだいと聞くと、庄太郎は電車へ乗つて山へ行つたんだと答へた。

何でも余程長い電車に違ひない。庄太郎の云ふ所によると、電車を下りるとすぐと原へ出たさうである。非常に広い原で、何処を見廻しても青い草ばかり生えてゐた。女と一所に草の上を歩いて行くと、急に絶壁の天辺へ出た、其の時女が庄太郎に、此処から飛び込んで御覧なさいと云つた。底を覗いて見ると、切岸は見えるが底は見えない。庄太郎は又パナマの帽子を脱いで再三辞退した。すると女が、もし思ひ切つて飛び込まなければ、豚に舐められますが好う御座んすかと聞いた。庄太郎は豚と雲右衛門が大嫌だつた。けれども命には易へられないと思つて、矢つ張り飛び込むのを見合せてゐた。所へ豚が一匹鼻を鳴らして来た。庄太郎は仕方なしに、持つて居た細い檳榔樹の洋杖で、豚の鼻頭を打つた。豚はぐうと云ひながら、ころりと引つ繰り返つて、絶壁の下へ落ちて行つた。庄太郎はほつと一と息接いでゐると又一匹の豚が大きな鼻を庄太郎に擦り附けに来た。庄太郎は已むを得ず又洋杖を振り上げた。豚はぐうと鳴いて又真逆様に穴の底へ転げ込んだ。すると又一匹あらはれた。此の時庄太郎は不図気が附いて、向ふを見ると、遥の青草原の尽きる辺から幾万匹か数へ切れぬ豚が、群をなして一直線に、此絶壁の上に立つてゐる庄太郎を見懸けて鼻を鳴らしてくる。庄太郎は心から恐縮した。けれども仕方がないから、近寄つてくる豚の鼻頭を、一つ一つ丁寧に檳榔樹の洋杖で打つてゐた。不思議な事に洋杖が鼻へ触りさへすれば豚はころりと谷の底へ落ちて行く。覗いて見ると底の見えない絶壁を、逆さになつた豚が行列して落ちて行く。自分が此の位多くの豚を谷へ落したかと思ふと、庄太郎は我ながら怖くなつた。けれども豚は続々くる。黒雲に足が生えて、青草を踏み分ける様な勢ひで無尽蔵に鼻を鳴らしてくる。

庄太郎は必死の勇を振つて、豚の鼻頭を七日六晩叩いた。けれども、とう〳〵精根が尽きて、手が蒟蒻の様に弱つて、仕舞に豚に舐められてしまつた。さうして絶壁の上へ倒れた。

健さんは、庄太郎の話を此処迄して、だから余り女を見るのは善くないよと云つた。自分も尤もだと思つた。けれども健さんは庄太郎のパナマの帽子が貰ひたいと云つてゐた。

庄太郎は助かるまい。パナマは健さんのものだらう。

## イメージの過現未

『夢十夜』のなかでも第十夜は、特に寓話性の強く感じられる物語だが、必ずしもその意味するところは明らかではない。なるほど二、三のイメージについては解明がなされているが、全体を総括する意味の把握となるとなかなか難しい。そこでまず個々のイメージについて、その意味するところを取り上げながら、最終的にまとめあげることの可能な意味というものを考えてみた。この場合、それらのイメージを、ほかの作品との関連において確定してゆくという手続きをとった。『夢十夜』のそれぞれの物語は、きわめて暗示的かつ象徴的であるので、それ自体解釈上の多義性を許す。それはそれでいいだろうが、細部にいたるまで、統一性のある解釈をほどこすためには、結局は作者の意図するところを、過不足なく浮かびあげるしかないのではないか、という反省からして、作者の意図の測定の、まず前段階として、個々のイメージの意味を確定したい。そのために、同一あるいは類似のイメージが、漱石の他の作品、特に小説作品のなかにあってどのように使われているか、あるいは変形された形で見いだされるかを探る。生物の未発達の機関の意味が、成長することによって明らかになり、成長の完成によって確定されるように、『夢十夜』の暗示的な表現の意味が、他の小説作品との関連で眺めることで、明らかになる場合があるのではないか、と思われるからである。

まず第十夜における主要な人物、あるいは主要なイメージの持つ意味について考えてみたい。

## 美的享楽家庄太郎

彼は「町内一の好男子で、至極善良な正直者」で「たゞ一つの道楽」として、「パナマの帽子を被つて、夕方になると水菓子屋の店先へ腰をかけて、往来の女の顔を眺めてゐる。さうして頻りに感心してゐる」が、「あまり女が通らない時は、往来を見ないで水菓子を見てゐる。水菓子には色々ある。水蜜桃や、林檎や、枇杷や、バナ、を奇麗に籠に盛つて、すぐ見舞物の持つて行ける様に二列に並べてある。庄太郎は此の籠を見ては奇麗だと云つてゐる。商売をするなら水菓子屋に限ると云つてゐる。其の癖自分はパナマの帽子を被つてぶら〳〵遊んでゐる。／此の色がいゝと云つて、夏蜜柑抔を品評する事もある。けれども、曾て銭を出して水菓子を買つた事がない。只では無論食はない。色許り賞めて居る」。

庄太郎はこのように描写されている。ではこの庄太郎はどのような人間か。要するにお人よしの極楽トンボだが、彼は、その道楽の示すように、〈色と形〉の享楽家といっていい。しかし、身銭を切ることのない審美家なのである。いわば、これは高等遊民的美的生活者のパロディではないか、と思われる。

彼にとって、現実に相わたることは拒否すべきことなのでる。眺め、鑑賞し、感心することが全てであって、それ以上に出ることはない。その点では、きわめて節度ある人間であって、水菓子を見て、食欲に囚われることなどない。「曾て銭を出して水菓子を買つた事がない。只では無論食はない。色許り賞めて居る」とあるが、「只では無論食はない」の無論というところに、庄太郎が、情熱にかられて、節度をこえることなどありえない、という暗示がうかがえるのである。この人物は、その現実的に成長した姿としては『それから』の代助が想定されよう。

ところで、庄太郎の道楽の一つにパナマ帽がある。この作品では、パナマ帽がルフランのように、庄太郎の行為に伴って現れてくる点に注目する必要があろう。

## パナマの帽子

パナマ帽は、パナマ草の若葉を乾燥させたのを編んだ帽子で、明治時代ではなかなか瀟洒でモダンなものだったろう。『明治世相編年辞典』によれば、明治二十五年と明治三十五年に流行したという記事が見える。[*1] 漱石では『夢十夜』第八夜に、「庄太郎が女を連れて通る。庄太郎は何時の間にかパナマの帽子を被ってゐる。女も何時の間に拵えたものやら。一寸解らない。双方共得意の様であった。」とあり、その他すぐ思いつくのは『吾輩は猫である』の迷亭の自慢である。こんな風に書かれている。

「主人は（中略）『君帽子を買つたね』と云つた。迷亭はすぐさま『どうだい』と自慢らしく主人と細君の前に差し出す。『まあ奇麗だ事。大変目が細かくつて柔らかいんですね』と細君は頻りに撫で廻す。『奥さん此帽子は重宝ですよ。どうでも言ふ事を聞きますからね』と拳骨をかためてパナマの横ッ腹をぽかりと張り付けると、成程意の如く拳程な穴があいた。細君が『へえ』と驚く間もなく、此度は拳骨を裏側へ入れてうんと突ッ張ると釜の頭がぽかりと尖んがる。次には帽子を取つて鍔と鍔とを両側から圧し潰して見せる。潰れた帽子は麺棒で延した蕎麦の様に平たくなる。夫を片端から蓆でも巻く如くぐる〳〵と畳む。『どうです此通り』と丸めた帽子を懐中へ入れて見せる。」

迷亭はさらに帽子を引き出し、元のように直してから、その上に尻餅をつき、くちゃくちゃになったのを、そのまま頭へのせる。細君は感心し、主人に「あなたも、あんな帽子を御買いになつたら、いゝでせう」とすすめる。

漱石が当時のパナマ帽流行について戯画化の一石を投じていることはいうまでもない。この話は最後に「細君はパナマの価段を知らないものだから『是になさいよ、ねえ、あなた』と頻りに主人に勧告して居る」と結ばれるが、これからすると、パナマ帽は結構高価なものだったのであろう。とすればパナマ帽はダンディズムの一寸したステータス・シンボルだったというわけであろう。漱石自身「無題」の俳体詩の一節に、「来年の講義を一人苦しがり／パナマの帽を鳥渡うらやむ」という句を残している。

以上が漱石の作品にみられるパナマ帽というもののもつ含意《コノタシオン》だが、第十夜に戻って、パナマ帽の再三の使用がどのような効果を狙っているか。今ここで、パナマ帽がどのように繰り返しあらわれるかを見ると、まず庄太郎の紹介のところでそれが出てくる。

「庄太郎は町内一の好男子で、至極善良な正直者である。たゞ一つの道楽がある。パナマの帽子を被つて、夕方になると水菓子屋の店先へ腰をかけて、往来の女の顔を眺めてゐる。」

パナマ帽を被ることは庄太郎の美的生活にとって不可欠の条件である。この引用部分の最後の「其の外には是と云ふ程の特色もない」という叙述からすれば、庄太郎のアイデンティティとさえも言えるかもしれない。以下の描写のなかで、庄太郎とともに、それが主要な箇所で繰り返されている所以であろう。

「商売をするなら水菓子屋に限ると云つてゐる。其の癖自分はパナマの帽子を被つてぶら〳〵遊んでゐる。」

遊ぶにしてもパナマの帽子が頭の上になければいけないのだ。やがて「立派な服装」の女がやってくる。庄太郎は「大変女の顔に感心」し、「そこで大事なパナマの帽子を脱つて丁寧に挨拶を」する。「大事なパナマの帽子を脱つて」というところに庄太郎の「感心」の度合いの強さが現れている。ダンディたるもの、そうやすやすとパナマ帽を脱ぐべきではあるまい。してみると、庄太郎のダンディズムにとってさえ女の着物の色と顔が大変気に入ったのである。この瀟洒の帽子をとって挨拶をする動作は、女の自尊心に十分媚びたので、庄太郎が女の買った籠詰を持って、女のお供をするきっかけになり、さらに切岸から飛び込めという恐るべき試みを受ける羽目にもなっているのだろう。

ところで「絶壁の天辺」で、女が飛び込めといったとき、「庄太郎は又パナマの帽子を脱いで再三辞退した」と、ここでもパナマ帽があらわれる。この又に作者の意識が伺われるといっていいだろう。

「絶壁の天辺」から飛び込めという、きわめて重大であるべき局面に際しても庄太郎は、パナマの帽子を脱ぐことを忘れないのである。通常なら、動転して、そんな余裕はないはずだが、庄太郎はそうした感情に揺さぶられることはない。女に感心したときも、また飛び込めという恐るべき要求を突き付けられた時も、庄太郎の対応はきわめて丁寧なものである。こう見てくると、パナマ帽は庄太郎のダンディズムの象徴であると同時に、庄太郎と現実との間に介在する障害、現実のありのままを見えなくする障害ともいえる。

パナマ帽と庄太郎とのかかわりは、庄太郎の死で終わるわけだが、健さんが、それを貰い受けることになるだろうというところで、パナマ帽の持つ意味は一挙に拡大される感じがする。健さんは、「だから余り女を見るのは善くない」といい、作者である「自分」も「尤もだと思つた」と記して、そのあと、「けれども健さんは庄太郎のパナマの帽子が貰ひたいと云つてゐた」と付け加える。ここで「けれども」という逆説的つながりに、パナマ帽の象徴するダンディズムが、そのまま反省されることなく、受け継がれてゆくことへの、漱石のひそやかな批評があるといえそうである。

## 絶壁、あるいはそこからの投身

第十夜は、すでに述べたように、美しい色と形を眺めることを唯一の道楽として、現実にかかわることのない庄太郎が、いきなり絶壁の前に連れて行かれて、飛び込めという、いわば極楽とんぼ的人間が、もっともシーリアスな、漱石的にいえば第一義の問題をつきつけられたところに、いわばこの語りの眼《がん》があろう。では、漱石において絶壁とはなにか。そこからの投身とは何か。さらに飛び込まなければ豚に舐められるとはなにか。

絶壁乃至それに類したものからの投身乃至墜落は、漱石文学に絶えず現れてくるイメージとして、そこに一種独特なコンプレックスの所在を感じさせるほどのものである。それはすでに『夢十夜』でもすでに第五夜、第七夜にも現れているが、まず『夢十夜』にいたるまでの、絶壁のイメージについてみてみたい。

「焦《や》け爛れたる高櫓の、機熟してか、吹く風に逆ひてしばらくは焔と共に傾くと見えしが、奈落迄も落ち入らでやはと、三分の二を岩に残して、倒《さか》しまに崩れかゝる。取巻く焔の一度にパッと天地を燬《や》く時、堞《ひめがき》の上に火の如き髪を振り乱して停《たたず》む女がある。『クラ、!』とヰリアムが叫ぶ途端に女の影は消える。」

「幻影の盾」の一節である。ヰリアムの愛する女クララは、落城の悲運のなかで、城と共に滅びる運命をたどる。いうまでもなく、汚辱のうちに生きるよりは、愛の純潔を守って、壮絶な死を選ぶのである。愛はそこで死の輝きを得て、永遠の美と化す。

このような、いわば絶壁の美学とでもいうべきものは、『草枕』でも意識的に扱われる。

「緑りの枝を通す夕日を脊に、暮れんとする晩春の蒼黒く巌頭を彩どる中に、楚然として織り出されたる女の顔は、――花下に余を驚かし、まぼろしに余を驚かし、振袖に余を驚ろかし、風呂場に余を驚かしたる女の顔である。

余が視線は、蒼白き女の顔の真中にぐさと釘付けにされたぎり動かない。女もしなやかなる体軀を伸《の》せる丈伸して、高い巌の上に一指も動かさずに立つて居る。此の一刹那!

余は覚えず飛び上つた。女はひらりと身をひねる。帯の間に椿の花の如く赤いものが、ちらついたと思つたら、既に向ふへ飛び下りた。」

そこの池は、かつて、「志保田の嬢様」が一枚の鏡を持って身を投げた、いわくつきの池であったが、那美さんが演出するのはその再現であり、その行為によって画工を驚かそうとするものである。しかし、画工は、女のその突拍子もない振る舞いから、「画の修業」のうえで新しい境地に開眼する。

「あの女の所作を芝居と見なければ、薄気味がわるくて一日も居たゝまれん。義理とか人情とか云ふ、尋常の道具立を背景にして、普通の小説家の様な観察点からあの女を研究したら、刺激が強過ぎて、すぐいやになる。現実世界に在つて、余とあの女の間に纏綿した一種の関係が成り立つたとするならば、余の苦痛は恐らく言語に絶するだらう。余の此度の旅行は俗情を離れて、あく迄画工になり切るのが主意であるから、眼に入るものは悉く画として見なければならん。能、芝居、若くは詩中の人物としてのみ観察しなければならん。此覚悟の眼鏡から、あの女を覗いて見ると、あの女は、今迄見た女のうちで尤もうつくしい所作をする。」

画工は議論を一歩進め、藤村操の華厳の滝への投身自殺を弁護する。

「昔し巌頭の吟を遺して、五十丈の飛瀑を直下して急湍に赴いた青年がある。余の視る所にては、彼の青年は美の一字の為めに、捨つべからざる命を捨てたるものと思ふ。死其物は洵に壮烈である、只其死を促がすの動機に至つては解し難い。去れども死其物の壮烈をだに体し得ざるものが、如何にして藤村子《ふじむらし》の所作を嗤ひ得べき。彼等は壮烈の最後を遂ぐるの情趣を味ひ得ざるが故に、たとひ正当の事情のもとにも、到底壮烈の最後を遂げ得べからざる制限ある点に於て、藤村子よりは人格として劣等であるから、嗤ふ権利がないものと余は主張する。」

画工による絶壁の美学の核心は、「美の一字の為に」というところにある。藤村操の投身自殺は通常は、哲学上の煩悶による自殺とされているが、画工はそうした人間の内面世界の暗黒面は捨象し、いわば、どろどろとしたはずのものである内面が最終的に取った形式に着目し、それを壮烈な美と把握したわけだ。

さてこのように見てくると、第十夜の絶壁から投身しろという女の要求の意味は明らかであろう。それは〈色と形〉の享楽家にしてダンディの庄太郎に、いわば形を超えた美への捨身を求めるものだったろう。庄太郎のディレッタンティズムへの恐るべき挑戦といえる。しかし生来極楽トンボの庄太郎がこんな恐ろしいことに応ずるはずはない。庄太郎は「再三辞退」する。しかし代わりに豚に舐められるというもうひとつのおぞましい現実が現れてくる。さてここで豚とは何か。

## 漱石における〈豚〉

この問題については尹相仁に「『夢十夜』第十夜の豚のモティーフについて――絵画体験と創作の間――」という詳細な論考がある。[*2] 尹の論はいわば西欧文化のコンテクストに浮かべて読解を行おうとするもので、漱石がロンドンのテート・ギャラリーで見たと考えられるB・リヴィエアーの《ガダラの豚の奇跡》との関係に注目し、従来新約聖書によって説明されている点を訂正補足している。このような立場から〈豚〉については、「肉欲のような汚らしい欲望の象徴とされる」としてキリスト教乃至西洋美術の伝統によって読解が行われている。そこから、「七日六晩の間、精魂を尽くして豚の鼻を打つ行為は、絶えず駆り立てられる欲望を矯正し追い払う象徴的仕草、よりひらたく言えば、官能的衝動との凄絶な闘いの暗喩として解せられ」「力尽きた庄太郎がとうとう豚に舐められ、空しく倒れることとは、汚れた欲望に凌辱された人間の惨めな姿を暗示している」と解せられる。

豚をめぐっての背景として新約聖書あるいはリヴィエアーの絵画が使われていることはおそらく確かだろうと思うが、ただそれはどこまでも図柄としての利用であって、それがそのままこの第十夜の夢の読解につながるものではないのではないか。このような西欧的図柄を西欧的文化コードによってこのように解読することはそれなりに面白くはあるが、全体の統一的理解という点ではどうだろうか。例えば庄太郎は豚と雲衛右門が大嫌いとあるが、このようなほんの細部をとってみても、なかなか西欧的文化コードにかならずしものらないのではないだろうか。以上の西欧的イメージでは絶壁から飛び込めといった女のことは欠けているが、そこで尹氏は「崖の下へ飛び込んでみろという女の命令は、欲望の衝動に揺れ動く男の内面を見透かしてのこと」と解釈するのであるが、この寓話的物語の中で、このように〈男の内面〉をもちだすのは、いささか唐突の感がないわけでもない。

漱石の場合、イメージは、西欧的含意では測られない独自なシステムを有するように思う。西欧の伝統的イメージによる場合がないなどといっているのではないが、少なくともそのような一般的通念による解釈では済まないのが漱石の面目というものであろう。というわけで〈豚〉というイメージが漱石文学の中でどのように使われてきたかを見てみよう。

まず、松山中学時代「愛媛県尋常中学校『保恵会雑誌』」に書いた「愚見数則」に「豚は吠ても呻つても豚なり」というのがみえる。これは「教師に叱られたとて、己れの直打ちが下がれりと思ふ事なかれ、又褒められたとて、直打が上つたと、得意になる勿れ、鶴は飛んでも寐ても鶴なり、豚は吠ても呻つても豚なり、人の毀誉にて変化するものは相場なり、直打ちにあらず、相場の高下を目的として世に処する、之を才子と云ふ、直打を標準として事を行ふ、之を君子といふ、故に才子には栄達多く、君子は沈淪を意とせず」というような箇所に出てくるものである。鶴との対比で出てくるところからみれば、鶴の反対概念ということになろう。鶴が漱石においては孤高をあらわすとすれば、豚はその逆、「人の毀誉にて変化する」存在、平たく言えば他人の眼を専ら気にして生きる俗物ということになろうか。「愚見数則」は学生に与えた処世訓だが、パラドックスに富んだ、いわば〈反処世訓〉のおもむきの深いものであるが、これが書かれた中学校教師時代を対象とする『坊っちゃん』にも豚のイメージが使われている。坊っちゃんは宿直の際寄宿生に襲われる。その時坊っちゃんは彼らを〈豚〉と呼ぶのだ。

「清の事を考へながら、のつそつとして居ると、突然おれの頭の上で、数で云つたら三四十人もあらうか、二階が落つこちる程どん、どん、どん、と拍子を取つて床板を踏みならす音がした。すると足音に比例した大きな鬨の声が起つた。おれは何事が持ち上がつたのかと驚ろいて飛び起きた。飛び起きる途端には、あさつきの意趣返しに生徒があばれるのだなと気がついた。手前のわるい事は悪るかつたと言つて仕舞はないうちは罪は消えないもんだ。わるい事は、手前達に覚があるだらう。本来なら寐てから後悔してあしたの朝でもあやまりに来るのが本筋だ。たとひ、あやまらない迄も恐れ入つて、静粛に寐て居るべきだ。それを何だ此騒ぎは。寄宿舎を建て、豚でも飼つて置きあしまいし。気狂ひじみた真似も大抵にするがいゝ。」

坊っちゃんは、宿直室を飛び出して、二階まで躍り上がる。ところが、「廊下には鼠一匹も隠れて居ない」。夢をみているのかと、廊下の真ん中で考え込んでいると、「月のさして居る向ふのはづれで、一二三わあと、三四十人の声がかたまつて響いたかと思ふ間もなく、前の様に拍子を取つて、一同が床板を踏み鳴らした」。坊っちゃんは廊下をかけ出す。なにか堅い大きなものに向脛をぶつけてほうり出される。一本足で飛んできた。ところが「もう足音も人声も静まり返つて、森として居る。いくら人間が卑怯だつて、こんなに卑怯に出来るものぢやない。まるで豚だ」。

坊っちゃんにとって、数を頼んで卑怯な行為を行う。これが〈豚〉なのであろう。坊っちゃんはさらに、寄宿生にからかわれる。彼はその時次のように考える。

「困つたつて負けるものか。正直だから、どうしてい丶か分らないんだ。世の中に正直が勝たないで、外に勝つものがあるか。考へて見ろ。今夜中に勝てなければ、あした勝つ。あした勝てなければ、あさつて勝つ。あさつて勝てなければ、下宿から弁当を取り寄せて勝つ迄こ丶に居る。」

坊っちゃんはいつの間にか寝てしまう。眼が覚めて飛びあがると、眼の前に生徒が二人立っている。

「おれは正気に返つて、はつと思ふ途端に、おれの鼻先にある生徒の足を引つ攫《つか》んで、力任せにぐいと引いたら、そいつは、どたりと仰向に倒れた。ざまを見ろ。残る一人が一寸狼狽した所を、飛びか丶つて、肩を抑へて二三度こづき廻したら、あつけに取られて、眼をぱち〳〵させた。さあおれの部屋迄来いと引つ立てると、弱虫だと見えて、一も二もなく尾《つ》いて来た。」

群を頼む卑怯者はいざとなれば弱い。まるで豚だといわれた生徒の「どたりと仰向に倒れた」倒れ方は、なんとなく、「豚はぐうと云ひながら、ころりと引つ繰り返へつて」と共通する印象を与えはしまいか。〈豚〉は集団としては気勢があがるが、一匹一匹になれば全くだらしない。抵抗もしない、しかもそれを反省することもない愚鈍なだらしなさが、「どたり」とか「ぐう」「ころり」の擬態語によって表現されているといえる。このような『坊っちゃん』と第十夜の、一方は生徒であり、他方は豚だが、それらの撃退のされ方の共通性からして、また一人を群れをなして襲う襲い方からいって、『坊っちゃん』での豚という言葉の含意《コノタシオン》を第十夜のそれに重ねてみることができると思う。

ところで、第十夜の豚は、単に群れを頼む卑怯者のイメージとして使われているだけではないようである。それは庄太郎が豚と雲右衛門が大嫌いというところにもうかがわれることだが、美的生活とは対極的な、おぞましいものとしての含意を有する豚である。こういう視点から見れば、漱石になお現世的欲望の暗喩としての豚のイメージの使用がある。それはあるときは貪欲の、あるときは金銭的な欲望の、なりふり構わぬ厚顔な発現の暗喩である。

『吾輩は猫である』では、金田家の令嬢と寒月の結婚について迷亭は、「百獣の中でも尤も聡明なる大象と、尤も貪婪なる小豚と結婚する様なものだ」と評する。金田家の令嬢は〈小豚〉というわけである。また苦沙弥先生は、「近辺のものが主人を犬々と呼ぶと、主人は公平を維持する為め必要だとか号して彼等を豚々と呼ぶ」という。

『夢十夜』に引き続き『三四郎』には、「豚をね、縛つて動けない様にして置いて、其鼻先へ、御馳走を並べて置くと、動けないものだから、鼻の先が段々延びて来るさうだ」という広田先生の話が出て来る。

こうみてくると、豚というイメージの、漱石における含意のあらあらの形が明らかになる。それは俗悪の最たるものとして、群を頼み、卑劣で、地上的で貪婪極まりないものなのだ。豚の鼻とは、前記『三四郎』の引用部分にみたように、そうした貪婪さのシンボルなのだ。

では豚に舐められるとはなにか。舐めるとは動物の人間に対する親昵《しんじつ》の行為といえるだろう。それは同時に豚的なもので相手を汚そうということにもなる。豚は庄太郎のところに「鼻を鳴らして来た」、あるいは、「大きな鼻を庄太郎に擦り付けて来た」というが、数を頼む俗悪は、ひとりお高くとまっているものを汚し尽くすことに、倒錯した喜びを感ずるものでもあろう

庄太郎は、豚と雲右衛門が大嫌いだったという。雲右衛門は桃中軒雲右衛門で、明治三十九年に、東京本郷座で武士道鼓吹の看板を掲げ、赤穂義士伝を演じて大人気をとった浪曲師であるが、庄太郎が大嫌いというのも、粘着的な浪曲の節回しもさることながら、浪人たちが徒党を組んで復讐を遂げるという、庄太郎の道楽からすればまことに殺伐として野蛮なところにあったのであろう。豚が肉体的野蛮をあらわすとすれば、これは精神的野蛮ということになろうか。

## 豚との闘い

庄太郎は豚の鼻を細い檳榔樹のステッキで叩く。すると豚は、簡単にひっくり返り絶壁の下に落ちてゆくということは先にふれたが、ステッキで叩くとは何を意味するか。ステッキは苦沙弥先生も中学生を相手に振り回したものだ。漱石文学では杖のイメージもまた多用されている。特に『虞美人草』では哲学者甲野さんのアイデンティティをあらわすものとして重要な意味を持つ。そこに「細い杖に本来空の手持無沙汰を紛らす甲野さん」とあるように漱石の場合、杖（あるいはステッキも）は禅の拄杖《しゅじょう》からきており、凡俗超脱の意志の象徴として使われているように思う。という点からみれば、ステッキに触れれば、豚がころりと転がるというのも理解されよう。

ところで庄太郎は最後に「精魂が尽きて、手が蒟蒻の様に弱って」豚に舐められて倒れてしまうのであるが、これは絶壁に飛び込む決断を断った庄太郎にとっては、ひとつの必然といえるだろう。坊っちゃんは、〈豚〉との闘いにおいて断固たる、不退転の決意を有していた。坊っちゃんには二階から飛び降りるといった蛮勇があったが、ダンディたる庄太郎は闘いといった激しい行動などには踏み切れるはずもないから、敗北は必至のものだったろう。

漱石がそのような点についても意識的であったということが、庄太郎のステッキで豚の鼻頭を打つ態度のきわめて受け身なことを繰り返して描写していることからもわかる。

「庄太郎は仕方なしに、持つて居た細い檳榔樹の洋杖で、豚の鼻頭を打つた」（傍点引用者、以下同じ）

「庄太郎は已むを得ず又洋杖を振り上げた。」

「庄太郎は心から恐縮した。けれども仕方がないから、…」

「自分が此の位多くの豚を谷へ落したかと思ふと、庄太郎は我ながら怖くなつた。」

庄太郎のうちに、次第に恐怖感がたかまってゆく。漱石の卓抜な表現力の見事な実例ともいうべき「黒雲に足が生えて、青草を踏み分ける様な勢ひで無尽蔵に鼻を鳴らしてくる」は庄太郎のおびえた心に映った豚の大群にほかならなかった。もはや仕方がないなどとはいっていられない。庄太郎は必死の勇を振るう。豚は無数である。「手が蒟蒻の様に弱つて」は面白い表現だが、抵抗する一切の意志の喪失の比喩であろう。とともに、それは庄太郎のダンディズムの終焉に他ならない。「庄太郎は助かるまい」とはそのような意味であろう。

## 第十夜の諷喩的射程

第十夜は、健さんの「余り女を見るのは善くない」という言葉でしめくくられる。結局第十夜は、〈道楽的〉審美家への警告ということなのであろう。このような審美家は、美のために命を賭するという厳しい決断を前にして、たじろがざるを得ない。結果として凡俗の前に敗北する諷喩と読めるのである。ところでこのなにかしらとぼけた味わいのある第十夜には、森田草平のいわゆる煤煙事件が、影絵のように揺曳しているように思う。

煤煙事件は改めて言うまでもないが、森田草平と平塚明子の心中未遂事件である。そのいきさつは、草平の『続夏目漱石』の第七章「『煤煙事件』前後」[*3]や、より詳細には小説『煤煙』に伺うことが出来る。それらによれば、草平は明治三十九年に大学を卒業四十年四月天台宗中学林の英語教師をつとめる。そのかたわら、与謝野晶子の創始した閨秀大学講座の講師となる。そこの聴講生のひとりに平塚明子がいた。その頃の草平には、田舎にいる妻のほかに、女性があり、「時に紅灯緑酒の下に趨る」という、大分荒れたものだったらしい。しかし草平の窮境は「弦歌の声を聞いたり、白粉の香を嗅いだりしたとて、それで何うなるべき性質のものではな」かったらしく、「努めて飲む酒はたゞ苦しいばかり」だったという。そのような草平の前にあたかも救世主の如く現れたのが才色兼備の平塚明子だったわけである。

明治四十一年一月草平は「閨秀文学会」の最初の雑誌に平塚明子の発表した「愛の末日」について長い批評を書き、これから二人の間は接近する。荒正人の『漱石研究年表』によれば、二人は三月二十一日東京の台東区海禅寺で出会い、午後八時四十四分（推定）田端停車場より列車に乗り、九時二十六分（推定）大宮につき、そこの旅館で一夜をあかし、翌日は西那須野に向かい、そこから人力車で夕方塩原にゆき、奥塩原の宿で一泊、三月二十三日には、二人は尾花峠に向かい、雪中で夜を過ごし、心中は結局男の側の変心で未遂に終わる。草平によればその時の気持ちは、次のようなものであったという。

「家を出る時、彼は遊蕩費のつもりで取り寄せた金の遣ひ残り二百円足らずあつた内、半ばを宿の支払ひに残して、百円だけ持つて出た。こんな家出に旅費を持つて出るのも可異しなものだが、朋子（草平は、『続夏目漱石』のこの部分では、『煤煙』の女主人公の名で告白を記している――引用者注）は一銭も持つて出なかつたこれを見ても、彼女の方がより多く真剣で緊張してゐたことが窺はれよう。なほ要吉（草平自身のこと――引用者注）は秋から冬の終りへかけて、半歳に至る朋子との交通の間に、彼女から来た手紙もそつくり持つて出た。これは尾花峠の絶顚に近い雪の上で焼き棄てられた。（中略）

かうして二人の取交した手紙を雪山の頂きに焼き棄てたことが、彼等の夢のやうな物語の最高頂であつて、その烟りの行く末から、夜はほのぼのと白み初めた。そして、それと共に世界はがらりと一変して、極めて世俗的なものとなつてしまつた。不意にそこへ巡査が案内者を伴つてあらはれたのである。」

心中の決行において、女ははるかに真剣だった。それにくらべて、男のほうはなおそこに遊びの要素をのこしていたのであろう。そういう男から見れば、女の真剣さは、不気味なものに見えて来るにちがいない。『煤煙』では、男を疑うことなく、最後の決行を信じてぴたりついてくる女を、「何だかそれが自分の意志を支配する魔性のものの様に思はれて忌々しい」とまで記しているのである。ここで、絶壁の上に達したときの状況が『煤煙』でどう描写されているかをみてみたい。

「到頭道は絶壁に消えた。要吉は手に持つた外套を雪の上に敷いて、其上に女を座らせて置いて、懸崖《けんがい》の縁を伝ひながら、半町余り先迄道を求めに行つた。岩角に手を添へて瞰下《みおろ》せば、数十丈の深い谿底に枯木の林が見えて、鼓を打つやうな水音が微かに聞えた。[*4]」

しかし、心中は決行されなかった。「死んだら如何成るか、言つて〳〵」と死の決行をせまるがごとき女のうながしに対して、男は、短刀を谷間に投げて、「私は生きるんだ。自然が殺せば知らぬこと、私は最《も》う自分ぢや死なない。貴方も殺さない」と叫ぶ。

『煤煙』は死ぬ決意が一転して生きる決意に変わり、氷の世界のなか山頂に登ってゆく二人に朝日がさしそめるところで終る。『煤煙』の翌年、続編として朝日新聞紙上に執筆された『自叙伝』ではその終り部分から書き出される。それについで、一夜運命的な夜が明けたあとの、白けた、そして〈夢〉の中に、現実がどかどか踏み込んでくるといった、なんともおぞましい様子が、詳細に描かれる。

「私」に出会った巡査は、すでに犯罪者に訊問するかのような態度であった。ある宿に連れてゆかれると、友人神戸（これは生田長江）がやってくる。女の母親がくる。伯父がくる。一夜母と過ごした女は翌日「私」に訴える。

「『酷かつた。酷い目に逢つた。徹宵《よつぴて》寝かさないで。』

『阿母さんが？』

『えゝ、そりやァ堪らないことを訊くんですの』と、稍言ひ澱んだが、『身体を汚されたか、汚されないかつて、それ許り聞きたがつて。』

『そ、左様でせうね』と、私は吃つた。」[*5]

友人もまたいう。

「『何うも彼の一緒に来た伯父さんとか何とか云ふのが分らんので、丸で普通の淫奔《いたづら》して逃げた若い男や女を捕まへて云ふ様なことを言ふんだから、僕迄が不愉快に成つた。併し世間は彼の伯父さんと同じ眼で見るんだと云ふことは覚悟しなきや成らんね』」[*6]

いわば近代的自我主義の極限的表現としての心中行為を、世間一般の男女のそれと同一視されること、それは二人にとっての、なによりもの侮辱であるに違いなかった。しかしそれは、死の一線を超えることの出来なかった二人の受けるべき当然の罰だったのだ。このような世俗の、遠慮会釈のない〈夢〉への侵入は、「私」の心に、べっとりと泥を投げかけ、「私」は自分自身をなにかしら、汚らわしいもののようにみなすに至る。そのような気持を『自叙伝』ではこう記している。

「其夜一時頃床に入つた。

床に入る前、今夜もどうやら眠られない様な気がして居たが、枕に就くや否やぐつすり寝込んで仕舞つた。（中略）明くる朝、はつと思つて目が覚めた時には、何とも云はれない可厭な心持がした。如何にも自分と云ふものゝ獣に似た側が遺憾なく現はれたやうな気がして――つまり自分の前に恥ぢた。歌として画いて居る自分の前に。

私は迚も他人には云はれぬやうな、不快《いや》な心持を隠して起上つた。[*7]」

こういう「私」をさらに、新聞が追い撃ちをかける。『自叙伝』では、このあと、「何の新聞も一段二段、中には一頁近く其記事で埋めたのもある」とあり、「私」は取り上げてみると、「見るものも〳〵皆間違つて居た」[*8]。

世情の好奇心に満ちた、千篇一律の道義の仮面をつけた嘲罵の前にさらされる時、人は、そうした嘲罵がべっとり、高貴であるべき自我の鏡面に塗りたくられて、自身を醜悪なものとして見るに違いない。これは、まさに、〈詩〉の死であり、〈審美家〉の終焉にほかならない。第十夜で、豚に舐められて庄太郎が倒れたのは、まさに自分も豚と同類項にくくられてしまったためだが、『自叙伝』の「私」の体験は、まさしく同じ状況のものだったといえる。

世俗の嘲罵のなかに置かれたことによる〈詩人〉の死は、同時に現実社会からの追放＝死にほかならなかった。これは第十夜でいえば、庄太郎の死にあたる。

もっとも草平の場合は、必ずしも社会的に〈死〉にはしなかった。その体験を小説『煤煙』として、朝日新聞紙上に翌四十二年から連載することにより奇蹟的に復活することになる。そして、この復活にあずかって力があったのが、周知のように漱石であった。

明治四十一年三月二十七日、心中未遂で山から下りた草平を、生田長江が漱石のもとに連れて行き、草平は漱石の庇護するところとなったのである。

『漱石研究年表』によれば、生田長江は、それより先三月二十二日に、草平の失踪に関し、漱石を訪れている。[*9] やがて長江は草平を下塩原に迎えに行き、二十七日に漱石のもとに伴い、しばらく草平は漱石のところに滞在する。

漱石は草平が自分の行為を告白して、「自分の遣つてゐることは、何う考へて見ても恋愛ではない。恋愛を乗り踰えた彼岸に救ひを、霊と霊との結合を求めようとするのだ。もはや普通の人情も道徳も支配してはゐない。だから此岸の岸に於ける人情の葛藤も義理の桎梏も無視することが出来よう。かうして自分は救はれるのだ。さう思つて、要吉は遮二無二、傍眼も振らず、朋子に接近して行つた」[*10] と語ったとき、漱石は「点頭いて、『そりやそうだ。だが、人情も道徳も支配しない彼岸と云へば、死より外に道はない。この世でそれを求めようとするのは無理だ。で、もし君等が尾花峠で死んでゐたとすれば、何も問題はないのだ』」といったという。[*11]

ここに漱石の「煤煙事件」にたいする見解が現れている。動機がどうあれ、生命を賭することがなかったということは、すでにその動機の欺瞞なこと、行為が遊びであったことを示す。漱石の批判はそこに尽きている。この批判を前にして草平は、「私は返す言葉がなかつた」と記している。

以上見て来たように、第十夜と〈煤煙事件〉にはかなりな共通点を見出すことが出来るかと思う。

いまたとえば、庄太郎の果物屋の店先での行動を、美的享楽生活と読み替えて見れば、弦歌紅灯の巷に耽溺した草平と重ねられるし、庄太郎が女に連れられて広い野原の断崖のところに出たことは、そのまま草平と平塚明子の失踪に当たるし、絶壁から身を投げろという女の要求は、明子からの死の決行の促しととれるし、それを敢行できなかったため庄太郎が豚に舐められて倒れ、死ぬだろうというのは、草平の、世俗の嘲笑のため、社会的死の危険に陥ったことと符合する。

いうまでもないことだが、第十夜が『煤煙』や『自叙伝』によって書かれたといっているのではない。執筆年次からいえば第十夜の方が時期的には早い。ただ、事件直後、漱石のもとに草平が転げ込んだ以上、漱石が草平の口から、事件についての、かなり突っ込んだ話を聞いたことは、『続夏目漱石』の記述からも推察される。とはいえ、第十夜は〈煤煙事件〉の単なるカリカチュアではない。それに庄太郎を草平と重ねるのも、草平がそれほどの審美家ではないという点からしても無理があるように思える。とにかく、第十夜は〈煤煙事件〉を影絵のように背後に沈ませながらも、ほとんど、そうした生臭い事件の所在を感じさせない、モダンな寓話に仕立てられているといっていい。それに、すでに、この寓話の個々のイメージの考察の箇所でも述べたように、それらは、漱石固有のイメージ使用にほかならなかった。ということは、大枠は、〈煤煙事件〉によりながらも、結局は、漱石自身に即した寓話ということになるのではないか。

そういう視点から、この現代風寓話の意味するところを改めて考えなおしてみると、結局これは、『草枕』の画工によって象徴される漱石の内なる審美家へのいましめとして書かれたものとしてみえてくる。

『草枕』の画工の非人情の美学については改めてここで記すまでもないことだろうが、その美学の根拠は、要するに現実の一切を、人情ぬきで眺めることで美に転じようというものであった。いわば、現実というものから、そのどろどろしたものを抜き取って、純粋に形として眺めようというものであった。このような立場から、華厳の滝からの投身をも美として捉えるということについては先に述べた。こうした、純粋な色とか形の審美家たる点では、庄太郎とぴたり重なるものだし、画工の非人情の美学が、現実と画工の間の、目に見えない障壁として機能するという点でも、庄太郎のパナマの帽子と同じ機能を有していよう。さらに、絶壁から投身入水の真似をして画工の度胆を抜く那美さんと、庄太郎が伴をした女と、死に平然として対するという大胆さにおいて共通したものを有している。

つまり、第十夜は画工にたいする漱石の批評にほかならない。このことは、明治三十九年十月二十六日付の、鈴木三重吉あての、よく知られた手紙に見える、画工批判をみればより明らかになることだろう。

「只一つ君に教訓したき事がある。是は僕から教へてもらつて決して損のない事である。

僕は小供のうちから青年になる迄世の中は結構なものと思つてゐた。旨いものが食へると思つてゐた。綺麗な着物がきられると思つてゐた。詩的に生活が出来てうつくしい細君が持てゝ。うつくしい家庭が［出］来ると思つてゐた。

もし出来なければどうかして得たいと思つてゐた。換言すれば是等の反対を出来る丈避け様としてゐた。然る所世の中に居るうちはどこをどう避けてもそんな所はない。世の中は自己の想像とは全く正反対の現象でうづまつてゐる。

　そこで吾人の世にたつ所はキタナイ者でも、不愉快なものでも、イヤなものでも一切避けぬ否進んで其内へ飛び込まなければ何にも出来ぬといふ事である。

　只きれいにうつくしく暮らす即ち詩人的にくらすといふ事は生活の意義の何分の一か知らぬが矢張り極めて僅小《ママ》な部分かと思ふ。で草枕の様な主人公ではいけない。あれもいゝが矢張り今の世界に生存して自分のよい所を通さうとするにはどうしてもイブセン流に出なくてはいけない。

　此点からいふと単に美的な文字は昔の学者が冷評した如く閑文字に帰着する。俳句趣味は此閑文字のなかに逍遥して喜んで居る。然し大なる世の中はかゝる小天地に寐ころんで居る様では到底動かせない。然も大に動かさゞるべからざる敵が前後左右にある。苟も文学を以て生命とするものならば単に美といふ丈では満足が出来ない。丁度維新の当士《ママ》勤王家が困苦をなめた様な了見にならなくては駄目だらうと思ふ。間違つたら神経衰弱でも気違でも入牢でも何でもする了見でなくては文学者になれまいと思ふ。文学者はノンキに、超然と、ウツクシがつて世間と相遠かる様な小天地ばかりに居ればそれぎりだが大きな世界に出れば只愉快を得る為めだ抔とは云ふて居られぬ進んで苦痛を求める為めでなくてはなるまいと思ふ。

　君の趣味から云ふとオイラン憂ひ式でつまり。自分のウツクシイと思ふ事ばかりかいて、それで文学者だと澄まして居る様になりはせぬかと思ふ。現実世界は無論さうはゆかぬ。文学世界も亦さう許りではゆくまい。かの俳句連虚子でも四方太でも此点に於ては丸で別世界の人間である。あんなの許りが文学者ではつまらない。といふて普通の小説家はあの通りである。僕は一面に於て俳諧的文学に出入すると同時に一面に於て死ぬか生きるか、命のやりとりをする様な維新の志士の如き烈しい精神で文学をやつて見たい。それでないと何だか難をすて丶易につき劇を厭ふて閑に走る所謂腰抜文学者の様な気がしてならん

破戒にとるべき所はないが只此点に於テ他をぬく事数等であると思ふ。然し破戒ハ未ダシ。三重吉先生破戒以上の作ヲドン〳〵出シ玉へ　以上」

かなり長文だが煩を厭わず全文を引用した。これが、第十夜のもっともよき〈注解〉ではないか、と思われたからである。あらためて指摘するまでもないことと思うが、美的な小天地を出て、大きな世界に入り、そこで生命を賭せ、という見解は、そのまま庄太郎の果物屋から、広い大きな野原に出、そこの断崖から飛び込めということにほかならない。「大に動かさゞるべからざる敵が前後左右にある」とは、庄太郎をめがけて突進してくる豚の大群と重なるだろう。これらの敵は、死をも覚悟する決意によってのみ撃退されうるものなのである。庄太郎が敗北したというのも、断崖から飛び込めなかったこと、つまり生命を賭することができなかったためであろう。そして、パナマ帽とは、美的小世界に跼蹐して、「キタナイ者」「不愉快なもの」「イヤなもの」の一切からは身をひいているという、消極的生き方の象徴ということになるのであろう。

この漱石の手紙が鈴木三重吉あてのものということは、漱石の批評が、自分の内なる画工的なもの

への批判であると同時に、三重吉への教訓であり、また時代への批評でもあったということを意味する。三重吉の所謂「オイラン憂ひ式」については、草平がこう述べている。

「三重吉はその頃オイラン憂ひ式といふことを頻りに云つてゐた。サボテン趣味に対して、そんな事を云ひだしたものであろうが、彼の花魁憂ひ式とは、何と云つてい丶か。先づ読んで字の如しと云ふ外あるまい。と云つて、清元とか常磐津とかに見られるやうな、そんな粋なものではない。もつとこつてりした京都趣味である。島原の太夫が夕方灯のともし前のひと時を、勾欄に凭れて、肘を突いたま丶うな垂れる俛首《うなだ》れてゐる。春雨にまじつて、はらはらと桜の花片が髪に散りか丶る。顔を上げると、眼瞼には涙が溜つていた。まあ、かう云つた情緒が好きであつたと思へば、大した間違ひはあるまい。そして、彼はかう云つた情緒に浸り切つてゐるやうに見えた。恐らくその頃は『千鳥』に次いで、更に第二の傑作『山彦』に着手してゐたのではあるまいか。で、先生も彼の傾向が一方に偏しすぎるのを心配して、わざわざこんな訓戒を垂れたものらしい[*12]」。

「こんな訓戒」とは、先に引用した漱石の三重吉あて手紙のことだが、第十夜における諷諭はその時代の俳句的美的生活者にも向けられていた。こう考えて見ると、第十夜の風刺の対象は単に漱石自身を中心としているのみならず、その時代にも及んでいるらしい。

荒正人の『漱石研究年表』によれば、果物の進物が明治前後に盛んだったとある。『明治世相編年辞典』では明治四〇年一〇月から一二月の項目に「数年来衛生上進物に果物を用いること流行し、本年大流行。柿、蜜柑、リンゴ、葡萄、ジャボン、梨、バナナなど。進物用の籠は丸形、角形、四つ手形など。」[*13]とある。

第十夜に当時の風俗が取り入れられていることについては、パナマ帽や、雲右衛門、あるいは杖（特に檳榔樹のそれか?）の例で見て来た。これらがそれぞれ漱石的含意のもとに使われてきたわけだが、しかし同時にこの贈答用の果物籠の場合にもみるように、流行というものへの風刺もそこには仕掛けられていたかもしれない。

以上見てきたように、第十夜は極めて多義的といえるが、その中心には漱石自身の美的世界にひかれることへの自己批評にあった。と同時に、草平や三重吉といった若い世代への警告でもあった。さらには、日本社会の流行というものへの風刺も内包していたといえる。という点から考えると、この夢は一個の夢としては、途轍もなく大きいスケールを有しているものといえる。

こうして第十夜とは結局それは〈夢〉の世界への訣別の言葉であり、漱石の、現実と四つになって取り組もうという、ひそかなる決意の表明であったのではないか。この夢が『夢十夜』の最後に置かれているということも、それを裏づけるのではないか。実は、『坑夫』において、すでに、美的小天地から、現実への跳躍という問題は扱われていた。しかしそれは、周知のように漱石本来の素材による虚構の世界ではなかった。

## 『夢十夜』に潜在するアンチノミー

漱石にとっては、先の三重吉あての手紙にもかかわらず、美的小天地の問題は簡単に放棄されるごとき問題ではなかった。そのことはさきの手紙の「僕は一面に於て俳諧的文学に出入する」とあることからもうかがわれることだが、美しくあることと、現実という俗塵にまみれても生きねばならないことの、アンチノミーは漱石生涯の、もっとも重大な課題であったのであり、それは先の三重吉あての手紙に記した激しい自己批評によってさえ、実際にはびくともしないような、根深いものだったのである。

この点からすると、第十夜の断崖からの投身のイメージは両義的といえる。美の究極的表現としての投身か、それとも美的小天地を去ってする、現実という混沌たる海への投身か。そのような両義性なるものの、より大いなる世界での統一への執念こそ漱石文学の根底に潜んでいたものに違いない。現実と云う、猥雑極まりなく、醜怪極まりない世界を突き抜けて、究極的な美的世界の構築への決意が、第十夜のこの両義性に込められているのではないか。

『それから』の代助は——庄太郎の後身といえるが——愛の自己証明のため、愛の完成のため、断崖から跳躍する地点にまで追い詰められた存在であった。そして、断崖からの跳躍は、猥雑な現実への投身でもあったのだ。この代助の運命は第十夜の両義性を、より鮮明に照らし出しているという点で、極めて示唆的といわねばなるまい。

＊1　朝倉治彦・稲村徹元編『明治世相編年辞典』（東京堂出版、昭和四〇年六月）三三六頁、四五〇頁参照。
＊2　「比較文学研究」第五十五号（一九八九年六月）所収。
＊3　森田草平『続夏目漱石』（甲鳥書林、昭和一八年一一月）五四九頁以下参照。
＊4　現代日本文学全集42『鈴木三重吉集森田草平集』（改造社、昭和五年六月）四二二頁。
＊5　＊4に同じ、四四九頁。
＊6　＊4に同じ、四四九―四五〇頁。
＊7　＊4に同じ、四五一頁。
＊8　＊4に同じ、四五一頁。
＊9　荒正人『増補改訂漱石研究年表』（集英社、昭和五九年五月）四七二頁
＊10　『続夏目漱石』五五六頁。
＊11　＊10に同じ、なお同じような漱石の意見が、五八八―五八九頁にも繰り返されて出ている。
＊12　＊10に同じ、二六五―二六六頁。
＊13　＊1に同じ、五二二頁。

## 結語——夢の帰趨

『夢十夜』の十の夢は次第に夢の時空の特質を失って、散文的な現実に還帰してゆくような印象をいだかせることは否み難い。そこから、この十の夢を描くことを通して、漱石が最も純粋な夢の時空を描出したといいえる第一夜から、いいかえればロマンティックな夢から第八夜、あるいは第十夜に表現される現実への還帰に、第一夜に対する否定がそこに暗示されていると取る人も多いかもしれない。実際第十夜はそれ自体そうした内容を持つ。しかしこのように考えることは、自分の生き方、あるいは芸術的な方法にたいする模索を夢に託したというものにすぎないのではないか。それならば、なにも夢という方法を取る必要はないのであって、通常の批評文で事たるわけだ。漱石は夢というものを遥かに深いところで捉えているのではないか。その点でいえば『硝子戸の中』(三十)の次の言葉は極めて示唆的ではないだろうか。そこで漱石は見舞客に対して、自分の病気は「継続中です」という挨拶をする。客の反応は、笑っている人、黙っている人、気の毒そうな顔をしているひと、様々である。客の帰った後それらのひとびとについて漱石は考える。

「凡て是等の人の心の奥には、私の知らない、又自分達さへ気の付かない、継続中のものがいくらでも潜んでゐるのではなからうか。もし彼等の胸に響くやうな大きな音で、それが一度に破裂したら、彼等は果して何う思ふだらう。彼等の記憶は其時最早彼等に向つて何物をも語らないだらう。過去の自覚はとくに消えてしまつてゐるだろう。今と昔と又その昔の間に何等の因果を認める事の出来ない彼等は、さういふ結果に陥つた時、何と自分を解釈して見る気だらう。所詮我々は自分で夢の間に製造した爆裂弾を、思ひ〳〵に抱きながら、一人残らず、死といふ遠い所へ、談笑しつゝ歩いて行くのではなからうか。唯どんなものを抱いてゐるのか、他も知らず自分も知らないので、仕合せなんだらう。」

「夢の間につくった爆裂弾」とはなにか。漱石はここで継続ということをいっている。継続とはわれわれの意識の支配の届かないところ、いわば夢の中での継続のことだ。では継続するものはなにか。漱石はそれを判らないという。いうまでもなく、それはわれわれの思量の届かない心の領野にあるからだ。とはいえそのものは、突然姿を現すことによって、改めてその恐るべき出現を通してそこに継続と云うものの存在を知らしめる。これが爆発弾だ。当然のことながら意識の表面に現れることなく継続するものは幼時期のトラウマとか社会的に禁忌とされ不断に抑圧されてきた情念、あるいは願望、欲望であるに違いない。意識の届かない心の深みの中で、それは継続し、次第に増幅され遂には熱せられたマグマのように噴出するに違いない。

このような夢にたいする漱石の考えは、この時始まったわけのものではない。先にもふれた『坑夫』における潜伏者、さらに熊本五高時代執筆の「人生」における狂気に遡ることもできるだろう。そこで漱石は狂気について「われ手を振り目を揺《うご》かして、而も其何の故に手を振り目を揺かすかを知らず、因果の大法を蔑《ないがしろ》にし、自己の意思を離れ、卒然として起り、驀地《ばくち》に来るものを謂ふ」と述べ、この「人生」を次の言葉で結ぶ。

「吾人の心中には底なき三角形あり、二辺並行せる三角形あるを奈何《いかん》せん、（中略）不測の変外界に起り、思ひがけぬ心は心の底より出で来る、容赦なく且乱暴に出で来る海嘯と震災は、啻に三陸と濃尾に起るのみにあらず、亦自家三寸の丹田中にあり、険呑なる哉」

この考えに照らしてみれば、『夢十夜』において夢の語りと云う方法をとったのは、漱石の無意識の領野にあって不断に意識を脅かす、あるいは意識に執拗にルフランの様に侵略してくる異様な熱塊の感触を表現しようとしてではなかったろうか。とすれば、『夢十夜』において、夢を語ったと云う事は必ずしも、それぞれそこに語られた主題がそれで完結したというものではないのだろう。むしろそれは一つの確認であり、漱石が作家としての真の自己の鉱脈を掘り進んでゆくための測鉛ではなかったか。したがって、ここに手繰り寄せられた夢の感触はその後の作家的活動の中で様々な変容を遂げながら自己増殖を続けてゆくのではないだろうか。実に『夢十夜』は作家漱石の道程において重要な一里塚にほかならないのだ。

## あとがき

『夢十夜』論を一応終えて、長年の宿題を果たしたような気がする。だがそのくせ、この論でいいたいことを言いきったという感じをもっているかというと、どうしてなかなかそうはゆかないようだ。まだまだいいたいことが山の様にあるような気がする。それというのも、『夢十夜』という作品が、夢を語るというものだからだろうか。

元来夢は解読されるよりはもっと長い命を持つのではないだろうか。目覚めて心にとりつく夢は、払おうとしても払えるものではないだろう。それにもっともらしい解読を施したからといって、夢が心から消えてゆくものでもない。それはなにかしら音楽に似ている。音楽はそれが鳴り響き終わったあとにもなお心の中に絶え間ないルフランのようにして残る。音楽の場合はそれが快いからで、よしんばそれが喜びの舞踏を現わすとして言葉によって説明されたとしても、そのルフランは已むものでもないだろう。このことは音楽と言語との決定的な差異というものを現わしているに違いないが、夢と言語ではどうなのだろうか。この本の基本的出発点は夢の感触というものにあった。もし夢が心にとりついてやまないものとしたら、夢の感触には音楽の一節のようになにか心にとりつく快さというようなものがあるのだろうか。いや快さと限る必要はないかもしれない。第三夜の悪夢のような夢にしても心にとりつくところを見ると、やはり夢の感触には音楽とは異なるところがあるのだろう。しかし、なお音楽と共通するところがあるのかもしれない。それは両者ともに言語化されにくいという点ではないだろうか。そこに夢を描くと云う事の難しさもあるし、また解読するということの多義性も生まれてくるのかもしれない。

とにかくこれまでの『夢十夜』論の多義的なることには驚いた。漱石の作品のなかでもこれほど多義的に解釈されてきたものはないのではないか。しかもひとつの夢について書かれたものも多い。基本的には十の夢に連続性はないだろうから、それぞれの夢を解読する方法もまた変わらざるを得ないだろう。どうやらそのあたりに『夢十夜』についてのモノグラフィが意外に少ないということの理由もありそうだ。

筆者としては、『夢十夜』の以上のような特質によって、夢の持つ独特の感触を再構成するという点で十の夢を捉える視点を設定し、その再構成という点に作者漱石の想像力を引き出し、解析するという方法をとった。このような方法によって『夢十夜』を統一的に捉えることが可能だろうと考えたからだ。ただ全十篇の夢に関して方法的に統一がとれているかについては、正直いってノーと答えざるを得ないだろう。特に方法という点からいって第十夜の解読は以上のような視点からは大きく逸脱しているといわざるをえない。ここではいわゆる伝記的なアプローチがなされている。それ以前の夢の解読に於いてほとんど伝記的事実をそこに持ち込むことはなかった。例えば第七夜は汽船に乗っている夢で、明らかに漱石のイギリス留学時の体験が背後にある。ただそのことは夢のもつ非現実的な感触を傷つけると考えてそこに深くとどまるのを避けたのだ。第一夜にしても同じことで、そこに出て来る女性が漱石のそれまでの実人生上に現れたどのような女性であるかという詮索も興味深いものではあろうが、ある意味ではそれはイメージを限定してしまうわけで、読む側の想像力に掣肘がかかるということになるだろう。ただ第十夜に関しては伝記的事実を使った。というのも、第十夜はなによりも極めて現実感覚に満ちているからだと思う。従って通常の小説の解読の方法に従うことになったということだ。

こういうことがあったからだろうか、実は筆者の『夢十夜』論の始まりは第十夜からだ。これは平成元年一〇月（一九八九年）九州大学教養部文学科紀要「文学論輯」第三五号に掲載。それから第九夜論を手掛けた。これは『漱石研究』第八号に掲載。本格的に他の夢の解読に取り組む気になったのは、岩波書店の三〇巻本の漱石全集で『夢十夜』の注解を担当したことによる。この作業はなかなか大変だったが、それを通じて例えば第三夜のなかの「日ケ窪」とか「堀田原」という道標の地名が実在のものであったり、あるいは第十夜の果物籠といったものが当時流行のものであったりすることなどに、改めてこの作品に描かれた夢というもののなかにかなり現実的なものが取り込まれているということに気付いた。そこからこれらの夢が作者漱石によって再構成されたものという確信が芽生えて来た。漱石の断片といわれる作品のなかに夢十夜の素材となったとおもわれる断片がある。それらは漱石によって実際に夢見られたものであったかどうかはわからないが、いずれにせよそれらは『夢十夜』において組み込まれていることは明らかだ。再構成というのはそのような意味だ。ただこの場合再構成されるのは単なる事象の叙述ではなく夢の持つ感触というものだった。夢の感触には、夢に常に断絶とか飛躍、予想外の展開がある以上、そこに謎が生まれる。従って解読はその謎が中心ということになるだろう。

ところで夢というそれ自体が謎である言説は先にものべたようにその謎を解いたからといって心にとりつくそのルフランは終わるものではないだろう。そこに『夢十夜』という作品の限りない魅力がある。このあとがき冒頭に記した感慨は結局そういうことだったのではないだろうか。筆者は本書を書き終わった後も、それぞれの夢の叙述のルフランをなおも楽しんでいる。

今回第八夜の解読において、寺田寅彦の「反映」という文章が基盤にあることを記した。この指摘はこれまでにはなされてはいなかったように思う。意外なところに種があったということだが、他の夢についてもそのようなことが今後起こるかもしれない。という点に関していえば、なおこの作品の解読は〈継続中〉という事になる。どうか本書の方法などにつき忌憚のない読者諸賢の批判をお寄せいただければ幸いです。

本書の出版についてはまたまた翰林書房のお世話に預かることになった。筆者の漱石論についてはすでに数冊を出していただいている。本書の如き地味な研究書の出番が寂しくなった昨今、喜んで出版の労を取ってくださったのはひとえに翰林書房今井肇氏の漱石への愛によるものである。ここに深い感謝の言葉を書き添えさせて戴きます。

二〇一四年一二月一二日

清水孝純

# 参考文献

漱石に関する先行論文はすべて基礎的な参考文献であることは言うをまたない。直接的に『夢十夜』にかかわるものだけに限定したとしても既に膨大なものだ。幸い『夢十夜』論集成なるものがあって、特に坂本育雄編のものは多くの重要文献を網羅してあるので、もっぱらこれを参考にした。『夢十夜』にかんするモノグラフィは意外に少ないとおもわれた。これらは本文の注のなかに記しておいたものだが、以下簡単に記しておく。

坂本育雄編『夏目漱石『夢十夜』作品論集成ⅠⅡⅢ』（大空社、一九九六年六月）
鳥井正晴・藤井淑禎編『漱石作品論集成　第四巻　漾虚集・夢十夜』（桜楓社、一九九一年五月）
山田晃『夢十夜参究』（朝日書林、一九九三年一二月）
笹渕友一『夏目漱石論　――「夢十夜」論ほか――』（明治書院、昭和六一年二月）
『漱石研究』第8号特集『夢十夜』（一九九七年、翰林書房）

【著者略歴】

清水孝純（しみず　たかよし）

1930年東京に生れる。東京大学大学院比較文学比較文化博士課程を修了後、九州大学、福岡大学教授を経て現在九州大学名誉教授。その間1976年から78年にかけて二年間フランスに出張、後半パリ大学講師。

◉主要著作

『ドストエフスキイ・ノート—『罪と罰』の世界』（九州大学出版会、第一回池田健太郎賞受賞）

『鑑賞日本現代文学16小林秀雄』（角川書店）

『祝祭空間の想像力』（講談社学術文庫）

『漱石その反オイディプス的世界』（翰林書房）

『笑いのユートピア—「吾輩は猫である」の世界』（翰林書房、第11回やまなし文学賞受賞）

『交響する群像「カラマーゾフの兄弟」を読むⅠ』『闇の王国・光の王国「カラマーゾフの兄弟」を読むⅡ』『新たなる出発「カラマーゾフの兄弟」を読むⅢ』（九州大学出版会）

『ルネサンスの文学』（講談社学術文庫）

『『白痴』を読む——ドストエフスキーとニヒリズム』（九州大学出版会、2014年度キリスト教文学賞受賞）


**漱石『夢十夜』探索**

闇に浮かぶ道標


| | |
|---|---|
| 発行日 | 2015年 5 月25日　初版第一刷 |
| 著　者 | 清水孝純 |
| 発行人 | 今井　肇 |
| 発行所 | 翰林書房 |
| | 〒101-0051　東京都千代田区神田神保町 2-2 |
| | 電話　03-6380-9601 |
| | FAX　03-6380-9602 |
| | http://www.kanrin.co.jp/ |
| | Eメール●kanrin@nifty.com |
| 印刷・製本 | メデューム |

落丁・乱丁本はお取替えいたします



ISBN978-4-87737-383-2